Verlangen des Wolfes

Buch 2
Die Bären des Blue Moon Saloons

Anna Lowe

Inhaltsverzeichnis

Kapitel 1

Cole Harper stand eine ganze Minute lang vor den Schwingtüren des Saloons. Die Sonne war bereits untergegangen und die Luft hatte diese knackige Kühle an sich, die es nur in den hoch gelegenen Gebieten Arizonas und nur an Frühlingsabenden gab, an denen sich alles frisch und neu anfühlte.

Die Geräusche und Gerüche des Saloons zogen und flehten ihn regelrecht an, einzutreten. Gelächter erschallte und Stühle kratzten über den Boden. Aus der Jukebox tönte Country-Musik und ein Pärchen begann zu tanzen. Der Barkeeper stellte ein leeres Glas auf den Tresen, schenkte einen Jack Daniels ein und schob es dann die ganze Theke hinunter.

All das wusste er, ohne es sehen zu müssen, nur allein vom Zuhören. Gott. Was war nur mit ihm los?

Jetzt geh schon hinein.

Cole hakte seine Daumen in die Laschen seiner Jeans und zog die Schultern zusammen, um dem Drang zu widerstehen.

Ein Geruch nach dem anderen überfiel ihn wie tausend kleine Hiebe. Der rauchige Duft von altem Whisky. Die Holzkohlennote eines Malzbieres. Der köstliche Geruch von über Mesquite geräucherten Rippchen.

Seine Zunge schoss heraus und er leckte sich über die Lippen, bevor er sie aufhalten konnte.

Beeile dich endlich.

Er hörte diese innere Stimme jetzt schon eine ganze Weile und sie machte ihn verrückt, genau wie das Jucken an seinem Arm. Er hatte sich vor zwei Wochen einen Schnitt zugezogen – eine kleine Schnittwunde, die er sich bei einer Schlägerei in eben diesem Saloon geholt hatte, als er gerade noch rechtzeitig gekommen war, um ein paar Schläger davon abzuhalten, sich auf die beiden Kellnerinnen zu stürzen. Unglaublich starke Kerle mit seltsamen Krallennägeln, denen er jedoch bis auf diesen einen Kratzer entkommen konnte. Seine Haut war inzwischen verheilt, aber das Jucken blieb.

Ein wütendes Knurren stieg in seiner Kehle auf, als er sich an die Eindringlinge erinnerte. Es verklang wieder, als ihm bewusst wurde, dass das Geräusch von ihm gekommen war und nicht von einem vorbeilaufenden Hund.

Verdammt. Knurrte er jetzt auch noch?

Er hustete es weg. Mit gestrafften Schultern stieß er die Türen des Saloons weit auf und marschierte hinein, wobei er sie hinter sich schwingen ließ. Er nahm seinen Hut ab und warf einen Blick in den Spiegel neben dem Schild, auf dem stand: *Waffen an der Tür abgeben.* Er fuhr sich mit den Fingern durch das blonde Haar, das ihm gekräuselt bis unterhalb seiner Ohren reichte. Dann steuerte er geradewegs auf seinen Hocker am Ende des Tresens zu. Ein Hocker, auf dem irgendein Idiot saß, was das Knurren erneut in seiner Kehle aufsteigen ließ.

Mein Hocker. Mein Platz.

Diese innere Stimme war unglaublich territorial. Er ballte die Fäuste und sagte sich, dass es egal sei, wer auf welchem Hocker saß.

Nur dass der Trottel, der dort so selbstgefällig auf *seinem* Barhocker saß, verdammt noch mal verschwinden musste. Und zwar sofort.

„Hey, Cole." Eine honigsüße Stimme stoppte ihn und er riss den Kopf herum. Einfach so löste sich die Anspannung, die wie tausend Volt starker Strom durch seinen Körper geflossen war, in Luft auf. Der Saloon selbst, seine Geräusche und die Gerüche verblassten und er stand plötzlich auf einer Bergwiese. Zumindest fühlte es sich so an.

„Hi, Janna", flüsterte er.

„Hey." Sie lächelte zurück.

Janna! Janna! Das Knurren verwandelte sich zu einem freudigen inneren Schrei.

Sie trug ihr Haar heute in zwei Zöpfe geflochten, was perfekt zu ihrer quirligen, mädchenhaften Energie passte. Manchmal trug sie es offen und ließ es wie einen fließenden Rahmen um ihr Gesicht schwingen. Manchmal trug sie diesen komplizierten Flechtzopf, den er am liebsten langsam entwirren und mit den Fingern lösen würde. Manchmal trug sie auch einfach nur einen Pferdeschwanz und das gefiel ihm auch.

Er mochte alles an Janna. Sehr sogar. Ihr Lachen, Ihr Lächeln, die Art, wie sie den Kopf neigte, um zuzuhören, wenn er ihr etwas ins Ohr flüsterte. Er mochte sie schon seit dem ersten Tag, an dem er den süßen Hitzkopf mit Sommersprossen zum ersten Mal sah, als sie vor nicht allzu langer Zeit als Kellnerin im Saloon angefangen hatte. Janna hatte immer ein strahlendes Lächeln und funkelnde Augen. Ihr federnder Schritt und ihr glänzendes, braunes Haar waren genauso lebendig wie der Rest von ihr. Sie hatte eine Art, ihn anzusehen, als könne sie in ihn *hinein*schauen, und es schien ihr auch nichts auszumachen, was sie in ihm sah.

Er schloss seine Finger fester um seinen Gürtel und befahl ihnen, dortzubleiben. Denn die temperamentvolle Kellnerin zu *mögen*, hatte sich in den letzten Wochen zu purem *Lechzen* nach ihr gewandelt. Als wäre er ausgerutscht und hätte einen Knopf gedrückt, der das Testosteron voll aufdrehte. Er konnte an nichts anderes denken als an sie. Oder besser gesagt, an ihn und sie. Nahe beieinander. Ungezügelt. Unkontrolliert.

Was keinen Sinn ergab. Er hatte dies schon mit wilden Cowgirl-Typen erlebt, die reiten, Lassos schwingen und Vieh treiben konnten. Was genau hatte Janna an sich, das jeden Hebel in einem ausgebrannten Cowboy wie ihm umlegte?

Alles. Sie hat alles. Sie ist alles, seufzte die innere Stimme.

Hätte er klar denken können, hätte es ihm Angst gemacht.

Aber er konnte in Jannas Gegenwart nicht klar denken. Sie war alle Mädchen, die er je geliebt hatte, hoch fünfzig. Hoch einhundert. Eintausend. Sie brachte ihn dazu, sich alle möglichen verrückten Dinge vorzustellen, wie zum Beispiel knietief in Wildblumen versunken auf einer Frühlingswiese zu stehen. Ein perfekter, friedlicher Ort, der so ganz anders als die Realität war, die ihn in diesen Tagen verfolgte. Der Deckenventilator des Saloons, der sich in trägen Kreisen drehte, wurde zu einem Adler, der in der Brise der Rocky Mountains schwebte. Solange Janna in der Nähe war, fühlte er sich wie im Himmel.

Er ballte die Fäuste an seinen Seiten. Er war hier im Blue Moon Saloon, verdammt noch mal. Und er würde nicht verrückt werden. Noch nicht.

„Wie geht es dir heute?", fragte Janna und drückte ihr Getränketablett an ihre Hüfte.

Noch nicht verrückt, hätte er fast gesagt. *Obwohl es sich immer mehr so anfühlt.*

Sie war das Einzige, was ihn bei Verstand hielt. In den Stunden, die er allein verbrachte, durchlebte er die wildesten Stimmungsschwankungen. In einer Sekunde genoss er den Geruch von Leder und Pferd, wenn er in den Ställen, in denen er arbeitete, ein Pferd für einen Ausritt sattelte. Im nächsten Moment überkamen ihn die seltsamsten Triebe. Zum Beispiel der Wunsch, nachts nackt durch den Wald zu laufen. Sein Kinn zum zunehmenden Mond hinaufzustrecken, der über der Wüste hing, und ihn anzuheulen. Einem Reh nachzujagen, es mit bloßen Zähnen zu zerreißen und sich an seinem warmen Fleisch und Blut zu laben.

„Gut", flunkerte er. „Und dir?"

Ein Kunde ging vorbei und Janna trat näher an seine Seite.

Gott, sie roch so gut. Nach Butterblumen und Gänseblümchen mit einem Hauch von Vergissmeinnicht, den blauen Blumen, die genau die gleiche Farbe wie ihre Augen hatten. All das vermischte sich zu einem beruhigenden Duft, der seine Seele besänftigte.

Meine. Gefährtin.

Er schüttelte den Kopf und schaute sich um. Insgeheim hoffte er, einen Mann zu entdecken, der sich irgendwo versteckte und seine Stimme erhob. Aber da war niemand. Nur die dunkle, heisere Stimme in seinem Kopf, der er überhaupt nicht traute. Was sollte überhaupt dieser Blödsinn mit einer Gefährtin?

„Schön, dich zu sehen." Janna lächelte und neigte sich auf ihre Fußballen vor. Gerade so weit, dass er sie küssen könnte, wenn er es wollte.

Es wäre auch nicht ihr erster Kuss. Sie waren vor einigen Wochen tanzen gegangen, bevor er angefangen hatte, den Verstand zu verlieren. Es war der erste Abend seit sehr langer Zeit gewesen, den er genossen hatte. Ein großartiger Abend sogar, an dem er sie in seinen Armen hielt, sie einatmete und nur lange genug losließ, um sie herumzuwirbeln und dann direkt wieder in seine Arme zu ziehen. Dann hatte er ihr ins Ohr geflüstert, sie zum Lachen gebracht und dieses unglaubliche Lächeln aufblitzen lassen. Aus dem schnellen Tanz war langsames Tanzen geworden. Und das langsame Tanzen hatte sich zu einem schweißtreibenden Aneinanderreiben entwickelt. Der Kuss, der daraufhin folgte, war nur der erste von vielen, mit denen er sie auf dem Rückweg zu seiner Bleibe überhäufen wollte.

Aber ihre Freunde hatten sie unterbrochen und obwohl sie sie fast weggescheucht hatte, hatte er sich zu ihrem eigenen Besten von ihr zurückgezogen. Er konnte sich an Janna berauschen, aber sie verdiente etwas Besseres als ihn.

Küsse sie, knurrte die Stimme. *Nimm sie. Markiere sie!*

Er wich einen halben Schritt zurück. Diese Stimme war gefährlich. Fordernd. Grob. Ein Mann *nahm* sich keine Frau einfach so. Nicht die Art von Mann, zu der er erzogen worden war.

Glaube mir, sie will es, schoss die Stimme zurück.

Nun, wenn das der Fall war, musste er derjenige sein, der einen klaren Kopf behielt. Auch wenn ihre Körper in einen verrückten Rausch verfielen, nur, weil sie sich nahe waren.

Brauche sie, um die Veränderung zu überleben, murmelte die Stimme in ihm. *Brauche meine Gefährtin.*

Er erschauderte. Überleben? Veränderung? Gefährtin? Er verlor tatsächlich den Verstand.

In Jannas Nähe zu sein, verlangsamte das Ganze allerdings. Nun, meistens jedenfalls. Normalerweise ließ sie ihn an einen Ort wie diese idyllische Wiese denken, wo er seinen Kopf in ihren Schoß legen und in tiefen Frieden versinken konnte. Manchmal stellte er sich aber auch vor, wie er sich mit ihr auf dieser Wiese wälzte. Wie er zunächst ihre Kleidung auszog, dann seine... Wie er in sie stieß, während sie ihre Beine um ihn schlang und mit ihren Fingernägeln über seinen Rücken kratzte. Er stellte sich vor, wie er seine Hüfte genauso heftig bewegte wie sie die ihre, während sie vor Lust aufschrie und...

„Geht es dir gut?" Sie runzelte die Stirn.

Er holte tief Luft und zuckte bei der drückenden Härte in seiner Jeans zusammen. „Gut. Ja. Großartig." Eine Lüge, aber es war besser als die Wahrheit. *Nicht gut. Ich denke daran, dich über meine Schulter zu werfen und dich nicht annähernd so sanft zu ficken, wie du es verdienst.*

Ihre Nasenlöcher bebten und für einen kurzen Moment fragte er sich, ob ihr das gefallen würde.

Er wandte sich dem Tresen zu und versuchte, einen klaren Kopf zu bekommen – nur um erneut das Arschloch auf seinem Hocker sitzen zu sehen. *Sein* Barhocker!

Er biss die Zähne zusammen und ballte die Fäuste, denn seine Wut ging mit einem schrecklich drückenden Schmerz unter seinen Fingernägeln und Eckzähnen einher, als würden sie mit einer Zange herausgezogen werden.

„Cole." In dem Moment, als Janna eine Hand auf seinen Arm legte, verschwanden der Schmerz und die Wut. „Ich mach das schon."

Sie huschte voraus und lächelte den Mann an, während Cole ihn über ihre Schulter hinweg anfunkelte. Janna war groß, nur ein paar Zentimeter kleiner als er selbst, mit einer selbstbewussten Haltung, die ihre Präsenz vervielfachte.

„Wir haben jetzt einen Tisch für Sie", sagte sie zu dem Kunden und zeigte in eine Richtung.

Cole knirschte mit den Zähnen und redete sich ein, dass sie den Kerl nur anlächelte, weil es ihr Job war und nicht, weil der Arsch es verdient hatte.

„Ich sitze gern an der Bar." Das Lächeln des Mannes war auf Janna gerichtet, aber als er seinen Blick Cole zuwandte, verblasste es schnell. „Wenn ich es mir recht überlege..." Er schnappte sich sein Getränk und verschwand.

Cole starrte auf den Rücken des Mannes, bis Janna ihm einen Ellbogen in die Rippen stieß und das Knurren erstickte, dessen er sich bis dahin gar nicht bewusst gewesen war.

„Schau doch." Sie tätschelte den Barhocker und ließ ihre Stimme zuckersüß klingen. „Ganz dein."

Sie fuhr mit der Hand über seine Schulter und ihre Blicke begegneten sich.

Ganz mein, summte die Stimme in seinem Inneren.

Sie nickte. „Ganz dein."

Er riss die Augen weit auf. Meinte sie wirklich...

Sie lenkte ihn zu seinem Hocker hin und ihre Hände an seiner Taille fühlten sich gut an. So wie es beim Tanzen gewesen war. Dieses Gefühl der Richtigkeit, die Zusammengehörigkeit, des perfekten Zueinanderpassens.

Als er sich setzte, kam sie noch ein wenig näher. Und noch näher, als würde auch sie in diesen Zauber hineingesogen werden. Es kostete ihn alle Mühe, sie nicht in den Zwischenraum seiner Beine zu ziehen und ihr einen riesigen, stürmischen Kuss zu geben.

„Janna!", rief der große Mann, der hinter der Bar arbeitete.

Simon Voss, einer der beiden Brüder, die den Laden führten. Nun, sie gaben vor, das Lokal zu führen. Es waren Janna und ihre Schwester, die Kellnerinnen, die den Laden zum Florieren brachten. Die Brüder waren jedoch gut, wenn es um Sicherheit ging, und sorgten dafür, dass sich die Kunden Janna und Jessica gegenüber von ihrer besten Seite zeigten. Und Cole war ein Stammgast, so dass sie gut mit ihm auskamen. Ganz zu schweigen davon, dass sie ihm für sein Eingreifen am Tag jenes Angriffs dankbar waren.

Trotzdem warf Simon ihm einen Blick zu, der sagte: *Pass auf, Cowboy. Ich behalte dich auch im Auge.*

Cole wollte protestieren. *Hey, du kannst mir vertrauen!* Aber in der letzten Zeit konnte er sich nicht einmal selbst vertrauen. Warum sollte Simon es dann tun?

Janna löste sich von ihm und sein Herz schmerzte bei dem Gedanken, dass sie plötzlich so weit entfernt voneinander waren. Dann strich sie ihm mit der Hand über die Wange und flüsterte: „Bin gleich wieder da", was seine Seele wieder zur Ruhe kommen ließ.

„Ich warte hier", knurrte er, als sie ging. Es war ein Versprechen und eine Warnung an jeden, der einen Blick auf ihren perfekten Hintern werfen wollte. Und diesbezüglich gab es eine

Menge Verdächtige. Ein ganzer Saloon voll von ihnen, wie es schien.

Und verdammt, heute Abend war der Laden voll. Bevor Janna und ihre Schwester hier aufgetaucht waren, hatte der Saloon nicht einmal halb so viele Gäste angelockt. Er war freudlos, staubig und tot gewesen – so wie er sich fühlte. Aber dann hatte Janna ihn mit Lachen, Lächeln und Leben erfüllt und er begann herzukommen, weil... weil...

Nun, vielleicht wider Willen.

Janna warf ihm ein abschließendes Lächeln über die Schulter zu und ihm wurde ganz warm ums Herz.

Meine, knurrte die innere Stimme. *Gefährtin.*

„Ich warte hier", flüsterte er und sagte sich, dass alles gut werden würde.

Kapitel 2

Ganz dein? Janna schrie ihre innere Wölfin praktisch an. *Was zum Teufel sollte das? Ganz dein?*

Wir gehören ihm, summte das Biest befriedigt zurück, *und er gehört uns.*

Sie fluchte leise vor sich hin und bahnte sich einen schiefen Weg durch die Menge der Kunden. Sie schnappte sich ein volles Tablett mit Getränken vom anderen Ende der Bar und machte sich auf eine weitere Runde durch den Saloon.

Dumme Wölfin. Ich gehöre niemandem. Ich bin eine eigenständige Person.

Gib es zu, knurrte ihre Wölfin. *Er ist unser Gefährte!*

Psst!

Sie schaute sich um, als ob jemand diesen inneren Austausch mitgehört haben könnte. Die meisten Kunden waren Menschen, die so etwas niemals mitbekommen würden. Aber ein anderer Gestaltwandler...

Sie warf ihrer Schwester Jessica einen kurzen Blick zu, die ihre Gedanken normalerweise genau lesen konnte. Aber Jess war damit beschäftigt, auf der anderen Seite des Saloons Tische zu bedienen. Sie strahlte genauso, wie sie jetzt immer strahlte, seit sie sich mit ihrem Schicksalsgefährten verpaart hatte – Simon, der Bärengestaltwandler, der hinter der Bar arbeitete. Er schien sie auch nicht bemerkt zu haben, aber Simon nahm wiederum nur selten jemanden außer Jess wahr.

Janna stieß die Luft aus, die sie angehalten hatte. Uff. Die einzigen anderen Gestaltwandler hier waren die vier Jungs in der Ecke. Stramme junge Wölfe von der Twin Moon Ranch, aber sie waren zu sehr mit ihrem Fachsimpeln beschäftigt, um den inneren Dialog einer liebeskranken Wölfin mitzubekommen.

„Bier vom Fass?" Sie hielt das Glas hoch.

„Meins." Einer der Rancharbeiter hob einen Finger.

„Bourbon?"

„Hier drüben", sagte ein zweiter.

„Jim Beam?"

„Meiner", sagte der dritte Mann.

Sie ließ ihren Blick durch den Saloon zu Cole hinüberwandern und ihre Wölfin knurrte.

Mein.

Sie biss die Zähne zusammen und zwang sich, ein Lächeln aufzusetzen. „Kann ich euch noch etwas bringen?"

„Das ist alles, danke."

Sie brachte ein paar weitere Getränke zu Tisch vier, schaute nach der Nachbargruppe und räumte die Teller von Tisch sieben ab. Coles stürmische Augen verfolgten sie die ganze Zeit. Sein Blick hüllte sie ein wie eine warme Decke, die man ihr in einer Winternacht in Montana über die Schultern geworfen hatte.

Nur dass sie nicht mehr in Montana und es auch ganz sicher nicht Winter war.

Ich habe es dir doch gesagt. Er ist unser Gefährte.

Sie schüttelte den Kopf. Wie konnte sich das Tier nur so sicher sein? Gott wusste, dass sie in der Vergangenheit schon öfter Liebe und Lust verwechselt hatte. Aber das hier fühlte sich anders an. So anders, dass ihr Rücken kribbelte. Wie Feuer in den Adern - anders.

Mein Schicksalsgefährte, knurrte ihre Wölfin.

Es fühlte sich ganz sicher so an. Aber eine Sache passte nicht. Schicksalsgefährten sollten einander auf den ersten Blick erkennen. Und sie hatte Cole zwei Wochen lang einfach nur gemocht. Okay, sie hatte Cole zugegebenermaßen *wirklich* sehr gemocht. Auf eine Ich-will-unbedingt-horizontalen-Tango-mit-dir-tanzen Art und Weise. Aber es hatte nicht die typische sofortige Seelenverbindung gegeben. Den *Knall!* Diese *Dein Leben wird nie wieder dasselbe sein*-Offenbarung, von der verpaarte Gestaltwandler sprachen.

Seine Anziehungskraft hatte stetig zugenommen, seit...
seit... Nun, seit einem Zeitpunkt, den sie nicht genau benennen konnte. Und dann – *wusch!* Ihre vage Schwärmerei für Cole war zu glühendem Verlangen geworden. Zu ständiger Begierde, Tag und Nacht. Es war ein Bedürfnis, das ihr Angst machte.

Gefährte. Mein Schicksalsgefährte, gurrte ihre Wölfin.

Aber Wölfen konnte man, so wusste jede Gestaltwandlerin genau, in Herzensangelegenheiten nicht trauen.

Wahrscheinlich war sie nur in Cole verknallt. Und zwar ganz heftig. Der Mann war so heiß wie die Sünde selbst und obendrein ein fantastischer Tänzer. Ein Charmeur mit einem schiefen, jungenhaften Grinsen. Ein Mann, mit dem sie jeden Abend stundenlang über dieselbe Sache reden konnte, ohne dass es ihr langweilig wurde, egal was er zu sagen hatte, oder wie er es sagte.

Ja. Nur eine Schwärmerei. Sie würde darüber hinwegkommen in, ähm–

Zwei- oder dreihundert Jahren? Ihre Wölfin schnaubte.

Sie war so in den Streit mit ihrer inneren Wölfin vertieft, dass sie wie auf Autopilot arbeitete – und hoppla, ohne es zu bemerken, war sie mit einem Stück Limettenkuchen, den sie eigentlich einem anderen Kunden bringen sollte, in Coles Richtung gegangen. Gott, was tat sie denn?

„Ich habe genau das Richtige für dich." Sie lächelte und stellte den Teller vor ihm ab.

Ihr Herz schlug ein wenig schneller, als sie das jungenhafte Grinsen auf seinem Gesicht breiter werden sah. Eine der vielen kleinen Cole-Eigenheiten, in die sie sich in den letzten Wochen verliebt hatte. In einer Sekunde war er ein unergründlicher Krieger, der eine tiefe, dunkle Verletzung verbarg, die sie unbedingt heilen wollte. Aber genauso schnell verschwanden die Falten um seinen Mund und er war wieder ein Kind. Ein Junge mit funkelnden Augen und unbekümmertem Country-Charme.

„Mein Lieblingskuchen", murmelte er, wie er es bei allem tat, was sie ihm brachte.

Sein struppiges blondes Haar kräuselte sich knapp unterhalb seiner Ohren. Feine goldene Strähnen, die sich in diese und jene Richtung lockten. Sie war so versucht, mit ihren Fingern hindurchzufahren. Seine vollen Lippen bebten ein klein wenig und sie musste sich auf ihre eigenen beißen, um nicht mit den Fingern darüber zu streichen.

Gefährte, seufzte ihre Wölfin.

Sie zwang sich, nicht mit den Wimpern zu klimpern oder die Lippen zu spitzen. Nichts zu tun, was ihre – Lust? Liebe? – verriet. Aber ihre Brustwarzen richteten sich auf und der Duft, der um ihre Schultern wehte, war der klebrig-süße Duft der Erregung.

Janna.

Sie riss den Kopf herum und die alberne Liebesmusik, die in ihrem Kopf spielte, brach mit dem Kreischen einer Nadel ab, die über eine altmodische Schallplatte kratzte.

Soren hatte ihr von der anderen Seite der Bar zugerufen. Der Größere der beiden Bärenbrüder stand mit vor der Brust verschränkten Armen da und starrte sie an. Er war das Abbild eines Clan-Alphas. Ein nicht allzu erfreuter Clan-Alpha, der sie in den hinteren Teil des Saloons winkte.

Scheiße, Scheiße, Scheiße. Jetzt hatte doch jemand bemerkt, wie sie um Cole herumgeschlichen war.

Cole folgte ihr mit dem Blick und sie wich ihm aus, denn das Letzte, was sie brauchte, war ein dickköpfiger Cowboy, der sich mit ihrem einhundert Kilo schweren, muskulösen Boss anlegte. Cole mochte vielleicht aus dem rauesten und härtesten Material geschnitzt sein, aber er war immer noch ein Mensch, trotz des Knurrens, das sich in seiner Kehle aufbaute.

Moment, ein Knurren? Sie riss ihren Kopf wieder zu Cole herum.

Ohne nachzudenken, strich sie ihm mit der Hand über die Brust, und das Geräusch verstummte. Einen Moment lang blieb alles stehen und die ganze Welt hörte auf zu existieren. Sie war meilenweit weg, bis es nur noch das Gefühl kleiner züngelnder Flammen zwischen ihren Körpern gab. Die ihr sagten, sie solle näherkommen. Näher...

Sie neigte den Kopf und konzentrierte sich auf seine unglaublich küssbaren Lippen. Sie schnupperte an seinem kühlen, sauberen Duft, streckte sich auf die Fußballen und...

Janna! bellte Soren und die Welt kam zurückgerauscht. Glas klirrte gegen Glas. Die Bassstimme eines Johnny Cash-Songs dröhnte aus der Jukebox. Ein Dutzend Stimmen schnatterten um sie herum. Soren starrte sie an.

Sie riss sich von Cole los und blinzelte. „Ich muss wieder an die Arbeit.“

Gefährte! heulte ihre Wölfin, als sie einen Fuß vor den anderen setzte und Soren in das Hinterzimmer des Saloons folgte. Weg von Cole. Weg von all dem fröhlichen Treiben. Weg von der Menge.

Scheiße, Scheiße, Scheiße.

Soren stapfte in das schummrige Hinterzimmer und baute sich vor ihr auf.

„Janna.“

„Soren.“ Sie verschränkte die Arme, so wie er es gerade getan hatte. Dieses Spiel konnten zwei spielen. Seine *Großer böser Alpha*-Nummer war nicht nur gespielt, aber Soren war für sie eher ein älterer Bruder als ein Boss.

„Ein Mensch?“ Sorens Augenbrauen waren dunkler als sein sandbraunes Haar und als er die rechte Seite hochzog...

„Du siehst aus wie dein Großvater, wenn du das machst“, sagte sie und überraschte ihn damit. Sie verblüffte sich damit auch selbst, denn die Geste hatte sie in die Zeit zurückversetzt, als sie ein junges Mitglied des Wolfsrudels und Nachbarin seines Bärenclans in Montana gewesen war. Soren war gut zehn Jahre älter als sie und der Mann, der darauf vorbereitet worden war, den Clan eines Tages zu übernehmen.

„Ich meine, eine jüngere Version deines Großvaters“, fügte sie schnell hinzu.

Er schnitt eine Grimasse, aber in seinen Augen strahlte ein Anflug von Stolz. Sie beide hatten nicht viel gemeinsam, aber sie teilten diese Schwäche für Erinnerungen an die Heimat und die geliebten Menschen, die sie verloren hatten.

Sorens Blick wandelte sich von sentimental zu distanziert und sogar bitter, also drückte sie ihm eine Hand auf den Arm.

„Es war gut, dass du nicht in Montana warst, als es passiert ist“, flüsterte sie.

Er knurrte die Dielen an, aber seine Schultern sackten bei der Erwähnung des Angriffs, der ihre beiden Rudel ausgelöscht hatte, zusammen.

Das Einzige, was einen Mann wie Soren besiegen konnte, war das Gefühl des Versagens. Dieser Alphastolz, seine *Ich hätte da sein müssen, um meinen Clan zu verteidigen*-Loyalität. Es würde ihn für den Rest seines Lebens heimsuchen.

Aus dem Saloon ertönte schallendes Gelächter und Sorens Knurren wandelte sich wieder zu Ärger.

„Du solltest es besser wissen, als dich mit einem Menschen einzulassen", sagte er.

Sie ballte die Fäuste und schlug ihre Wölfin zurück, bevor diese anfangen konnte, von Gefährten, Liebe und Ewigkeit zu schwärmen. Sie war doch nur in Cole verknallt, nicht wahr?

Auf eine alles verzehrende, allumfassende Weise.

Soren blickte in die Richtung des Vorderzimmers. „Simon und Jess müssen zusammen sein. Das Schicksal will es so." Sein Gesichtsausdruck wandelte sich von Freude für seinen Bruder zu Trauer. Soren hatte ebenfalls eine Schicksalsgefährtin gehabt, aber sie war bei dem Angriff der abtrünnigen Schurken zusammen mit allen anderen ermordet worden. „Aber wir müssen aufpassen."

Sie riss das Kinn hoch. „Glaubst du, sie kommen zurück?"

Sie waren natürlich die Schurken, die sie und Jess vor ein paar Wochen überfallen hatten. Dieselben Abtrünnigen, die vor Monaten ihr Rudel und Sorens Bärenclan in einem Überraschungsangriff ausgelöscht hatten.

„Verdammte Puristen." Soren spie einen seiner seltenen Flüche. Die Abtrünnigen waren Teil einer Bewegung, die Rassenreinheit unter Gestaltwandlern forderte. Keine Wölfe, die sich mit Bären verpaarten, und ganz sicher nicht mit Menschen. Die Fanatiker übten ihre eigene Art von Terror und Selbstjustiz aus.

Janna erschauderte, als sie an das Inferno, aus dem Jess sie in Montana gerettet hatte, und an das halbe Dutzend Abtrünnige dachte, die vor kurzen im Saloon aufgetaucht waren.

„Wenn wir ihnen einen Grund geben, zurückzukommen..." Soren ließ seinen Blick in den vorderen Raum wandern und die Botschaft war klar. Wenn Janna mit einem Menschen flirtete, könnte dies einen weiteren Überfall der Schurken zufolge haben. Das nächste Mal würden sie ihren Angriff sorgfältiger planen, aber sie würden zurückkommen.

Die Wölfin in ihr knurrte. *Niemand wird mich von meinem Gefährten fernhalten!*

Nicht mein Gefährte, beharrte sie. *Nur eine riesige Menge Ärger.*

Gefährte! heulte die Wölfin. *Gefährte!*

„Hör mal, Cole ist ein netter Kerl, aber er ist keiner von uns", sagte Soren. „Wir müssen das, was wir hier haben, beschützen. Was wir hier aufbauen."

Sie konnte es in seinen Augen sehen: die Vision eines neuen Clans. Eines fairen und stabilen Clans – oder Rudels oder wie auch immer sie ihren ungewöhnlichen Mischmasch aus Bären und Wölfen nennen wollten. Ein Clan, der aus der Asche dessen entstand, was sie in Montana verloren hatten. Einer, in dem es keine Rolle spielte, welche Art Gestaltwandler man war, solange man hart arbeitete und sich an die Regeln hielt.

Regeln, die besagten, dass man ein Gestaltwandler sein musste und kein Mensch. Janna ließ den Kopf hängen. Er hatte recht.

Soren warf ihr einen letzten strengen Blick zu und deutete dann mit einer erschöpften Geste zur Tür.

„Zurück an die Arbeit." Er schenkte ihr ein müdes Lächeln. „Wir beide."

Sie betrachtete ihn einen Moment lang und fragte sich, warum sie Mitleid mit dem mächtigen Bären hatte.

Mächtig, aber gebrochen, genau wie Simon es einst war, entschied ihre Wölfin.

Kein Wunder, dass sie Mitleid empfand. Simon und Jess hatten ihr Glück gefunden und auch sie selbst hatte ihr ganzes Leben noch vor sich. Aber Soren stand ein langes und einsames Dasein ohne seine Schicksalsgefährtin bevor.

Ein ganzes Leben, das vor uns liegt, stimmte ihre Wölfin zu und beschwor ein Bild von Cole herauf.

Sie ging schneller zurück in den Saloon, als sie es beabsichtigt hatte, und ihr Blick wanderte direkt zu Coles Platz am Ende der Bar. Jetzt brauchte sie die Gewissheit, dass er da war, mehr denn je. Nur ein Blick, ein Fünkchen Hoffnung. Ein Moment der Verbundenheit.

Sie streckte den Hals an den Kunden vorbei und ging einen weiteren Schritt nach vorn. Coles Hocker war leer. Ihr Herz stockte, als sie die Saloontüren in den Angeln schwingen sah.

War er gegangen? Jetzt schon?

Ihre Nasenflügel bebten und sie folgte seinem Geruch. Und ehe sie sich versah, hatte ihre Wölfin die Kontrolle übernommen und ließ sie zur Tür hinausstürmen.

Gefährte! Geh nicht!

Sie konnte sich nur schwer beherrschen, es nicht laut auszusprechen, während sie den Bürgersteig mit den Augen absuchte. Bis auf ein Pärchen, das über die Straße ging, war er menschenleer.

Dort entlang! Ihre Wölfin führte sie nach links und folgte seiner Fährte. Sie rannte den Bürgersteig hinunter, bog um eine scharfe Ecke und entdeckte eine hochgewachsene Gestalt, die sich einem Pick-up Truck näherte.

„Cole!" Dieses Mal sagte sie es wirklich laut. Als er sich umdrehte, sang ihre ganze Seele. *Meiner! Gefährte!*

„Cole", keuchte sie und holte ihn endlich ein. In ihrer Eile hätte sie ihn fast umgeworfen, um... um..., was genau wollte sie eigentlich tun. Sie wusste es nicht. Nur, dass sie nicht bereit war, ihn gehen zu lassen. Nicht so schnell und nicht ohne ein Wort oder eine Berührung zum Abschied.

Auch er hob die Arme, genau wie sie es tat, und so standen sie sich eine Sekunde lang gegenüber und hielten sich an den Unterarmen des anderen fest wie zwei Trapezkünstler, die sich auf einen Sprung vorbereiteten. Seine dunklen Augen strahlten wie kleine Lichtpunkte. Wie ein Universum, das sie auf eine magische Reise mitnahm.

„Ähm... ähm...", murmelte sie, ohne Worte finden zu können.

„Geht es dir gut?"

Seine Stimme bebte, also warf sie die Frage an ihn zurück. „Ja. Und dir?"

Er nickte und ein kleines Grinsen breitete sich auf seinem Gesicht aus. Es schien ihm nicht gut zu gehen, bei Weitem nicht, aber er war froh, sie zu sehen. Anscheinend genauso sehr, wie sie sich freute, ihn zu sehen.

Sie schob ihre Arme zu seinen Schultern hinauf – unglaublich breite Schultern, die sie kaum umschließen konnte – und grinste zurück. „Du gehst schon?"

Er presste einen Moment lang die Lippen zusammen und schloss die Augen. „Ich will nicht gehen, aber... "

Sie musterte sein Gesicht genauer. Aber was? Was genau war denn los?

Seine Wange zuckte und als er die Augen wieder öffnete, suchte er den Himmel ab, bevor er sie ansah.

„Ich muss. Ich muss gehen."

Sie wollte ihn schütteln und fragen, warum, aber seine Augen flehten sie an, es nicht zu tun.

„Cole... " Sie strich mit dem Daumen über sein Schlüsselbein und wünschte, sie könnte ihm die erdrückende Last abnehmen. Aber Cole war in vielerlei Hinsicht wie die Voss-Brüder; reden würde ihn nur so mürrisch wie einen Bären machen.

„Ich muss los", flüsterte er. Seine Stimme brach, als wollte er es wirklich nicht.

Wir müssen unserem Gefährten helfen! wimmerte die Wölfin in ihr.

Leichter gesagt als getan, denn wie sollte sie einem Mann helfen, der jegliche Hilfe ablehnte?

Ihr Vater war auch so gewesen. Ein Rudelführer, der jedes Problem allein zu lösen versuchte. Aber ihre Mutter hatte ein Mittel dagegen gefunden. Sie hatte die Dunkelheit mit Licht bekämpft. Mit Hoffnung. Mit Liebe.

Ihre Wölfin wedelte mit dem Schwanz. *Liebe. Hoffnung. Licht.*

Sie schmiegte sich an Cole und berührte ihn nicht nur, sondern wärmte ihn mit ihrem Körper. Sie lächelte ihn an, denn nichts war wichtiger als etwas zu finden, worüber man im Leben lächeln konnte. Sie schlang ihre Arme um seine Schultern und hob ihr Kinn, so wie sie es getan hatte, als er in den Saloon gekommen war.

„Ich kann dich aber nicht gehen lassen, ohne dass du dich richtig verabschiedest", flüsterte sie und gab ihm einen Kuss. Langsam, vorsichtig, nur für den Fall, dass er beschloss zu fliehen. Sie streichelte sanft über seinen Rücken, um die Anspannung in ihm zu lösen.

Er begegnete ihren Lippen begierig. Zärtlich, als hätte er Angst, ihr wehzutun. Seine Brust hob und senkte sich mit einem leisen Seufzer und sie lächelte an seinem Mund. Ja, ein Kuss war genau das, was ihr mürrischer Cowboy heute Abend brauchte. Ihr köstlicher, bebender Cowboy, der nach Kiefern, Bergluft und wilden, freien Mustangs roch.

Ihre Wölfin war ganz versessen darauf, den Kuss zu vertiefen, aber sie kämpfte gegen den Drang an. Cole brauchte im Moment kein Feuer und keine Leidenschaft. Er brauchte einen Anker. Ein Licht, das ihn durch das dornige Labyrinth führen konnte, in dem er sich verloren hatte.

Also legte sie Licht und Hoffnung und Glück in ihren Kuss und kommunizierte mit winzigen Bewegungen ihrer Lippen. Die Nacht war kühl und frisch. Die Straßen waren ruhig und die Sterne strahlten hell. Sie hatte ihren Mann, ihren Gefährten. Wenn sie nur fest genug daran glaubte, konnte sie diese Minute für immer andauern lassen.

Für immer, summte ihre Wölfin tief in ihrem Inneren.

Eine Muskelpartie nach der anderen, löste sie die Anspannung in ihm. Mit den Händen wärmte sie seinen Nacken und streichelte über seine Schultern. Sie kraulte seinen Rücken, so wie sie einen Hund streicheln würde, dessen Fell nach einem Kampf gesträubt war. Sie drückte ihre Brust gegen seine und zählte die schweren Herzschläge – manche zählte sie doppelt, weil sich die ihren mit seinen vermischten.

Sie hätten noch stundenlang so aneinandergepresst dort stehen können. Die ganze Nacht hindurch und bis zum Sonnenaufgang, der mit Sicherheit bald angaloppieren würde. Aber dann fuhr ein Auto mit lautem Radio eine Seitenstraße hinunter.

Sie unterbrach den Kuss, aber nicht ihren Kontakt. Stattdessen drückte sie ihr Ohr an seine Schulter und hörte zu, wie die Melodie auf der Straße verklang.

„Wir müssen wirklich mal wieder tanzen gehen, Cowboy", seufzte sie. Ihr Körper kribbelte, als sie sich an die Bewegungen erinnerte, mit denen er sie mitgerissen und wie er ihr ins Ohr geflüstert hatte.

Er schlang seine Arme fester um sie und nickte in ihr Haar. „Das müssen wir wirklich."

„Versprochen?" Ihre Stimme erhob sich voller Hoffnung.

„Versprochen." Sein tiefer Ton vibrierte in ihrer Brust und ließ es ihr noch ein paar Grad heißer werden.

Sie standen noch eine Minute lang so da und sie stellte sich vor, einfach noch länger zu bleiben. Doch bevor eine weitere Erinnerung an die Außenwelt in ihre Luftblase der Vollkommenheit eindringen konnte, löste sie sich von ihm und hüllte Cole mit der Magie ein. Er sollte so lange wie möglich an dieser Gelassenheit festhalten können. Er sollte nach Hause fahren, gut schlafen und seine müde Seele ausruhen.

„Sehen wir uns morgen?" Sie ließ ihre Hände wieder zu seinen Unterarmen sinken. Zurück zu dem Gefühl der Trapezkünstler – dieses Mal, wie sie nach einem erstaunlichen Kunststück zur Ruhe kamen.

Und es war erstaunlich, denn Cole lächelte, und die Sterne überschütteten sie mit stillem Beifall. Sie hatte es geschafft.

„Wir sehen uns morgen." Er nickte und schaute ihr in die Augen.

„Versprochen?", fügte sie jetzt ein wenig neckisch hinzu.

„Versprochen."

Kapitel 3

Noch immer erregt von Jannas Kuss legte Cole den Gang ein und fuhr los. Seine Augen waren versucht, zum Rückspiegel zu wandern, aber er zwang sich, geradeaus auf die Straße zu schauen. Er klammerte seine Hände um das Lenkrad und sagte sich, dass es besser war, sie nicht anzusehen. Janna hatte ihn mit ihrem himmlischen Geschmack vom Rand einer Klippe zurückgeholt und jetzt war es Zeit zu gehen.

Er erwartete schon fast, dass diese innere Stimme auftauchen und etwas schreien würde wie: *Geh zurück! Nimm sie mit!* Aber sie war zur Abwechslung gnädigerweise einmal still. Nun, nicht komplett still, denn wenn er ganz genau hinhörte, konnte er ein schläfriges, zufriedenes Schnurren hören.

Er schaltete einen Gang höher und trat aufs Gas. Mist. Die Stimmungsschwankungen waren immer schlimmer geworden. Er war von einem Hochgefühl, als er Janna zuerst im Saloon gesehen hatte, zu einem Eifersuchtsanfall übergegangen, als Soren sie ins Hinterzimmer gerufen hatte. Kaum war sie außer Sichtweite gewesen, war in ihm ein Fieber ausgebrochen. Eine unkontrollierbare Wut und Besessenheit.

Hol' sie zurück! Sie gehört uns! Uns!

Er war *so* kurz davor gewesen, ihnen zu folgen, denn es erinnerte ihn nur allzu sehr an den Tag, an dem Janna überfallen worden war. Der Tag, an dem ihm sein sechster Sinn gesagt hatte, er solle vorsichtshalber vor Geschäftsbeginn im Saloon vorbeischauen. Als er den wütenden Stimmen gefolgt war, waren Janna und ihre Schwester von fünf großen Kerlen in die Enge getrieben worden. Eine der Schwestern hatte zur Selbstverteidigung einen Hocker in die Luft gerissen und die andere schwang eine abgebrochene Flasche herum. Sie beide hatten eher trotzig als verängstigt ausgesehen. Und der Raum hatte mit einer seltsamen Art statischer Elektrizität gesurrt. Etwas Wütendes und Animalisches, wie ein Bulle, der darauf wartete, aus dem Pferch gelassen zu werden. In der Sekunde, in der er den Raum betreten hatte, hatte er gewusst, dass er sich auf einen höllischen Kampf gefasst machen musste.

Das war inzwischen Wochen her. Heute Abend jedoch hatte jeder innere Alarm in seinem Körper geschrien, als Janna Soren außer Sichtweite gefolgt war. Was keinen Sinn ergab. Soren war ein guter Mann, der ihr niemals etwas antun würde. Janna teilte sich mit ihm, seinem Bruder und ihrer Schwester den Wohnbereich über dem Saloon, verdammt noch mal!

Vielleicht hatte er deshalb angefangen, den Kerl so sehr zu verachten.

Sie gehört uns, nicht ihm! hatte die Stimme geschrien, als sie aus seinem Blickfeld verschwunden waren.

Er wollte das Gefühl mit einem Achselzucken abtun und sagen, dass Janna weder die Seine noch Sorens war. Aber er konnte sich nicht dazu durchringen, diese Worte auszusprechen. Auch wenn Soren für Janna nicht mehr als ein Mitbewohner war, strahlte der Mann die kühle Arroganz eines Hengstes aus, der über seine Herde wacht. Seine ganze Haltung schrie: *Mein! Ich bewache sie. Ich kümmere mich um sie. Halte dich fern!*

Was in gewisser Weise auch gut war, denn es hielt einen Saloon voller potenzieller Rowdys in Schach. Soren sorgte dafür, dass die Gäste es nicht wagten, in Bezug auf seine Kellnerinnen auf dumme Gedanken zu kommen.

Cole fluchte. *Er* war derjenige, der auf dumme Gedanken kam – wie zum Beispiel Soren anzufunkeln, als wäre der Saloon-Manager der Eindringling und nicht umgekehrt.

Wäre er noch eine Minute länger im Saloon geblieben, hätte er vielleicht die Kontrolle verloren. Also hatte er sich mit demselben dringlichen Gefühl auf den Weg zu seinem Fahrzeug gemacht, das ihn überhaupt erst nach Arizona hatte kommen lassen.

Aber dann hatte Janna ihn eingeholt und die Ruhe und das Gleichgewicht in ihm wiederhergestellt. Sie hatte ihn gerade lange und fest genug geküsst, um die Lichter in seiner Seele wieder zum Strahlen zu bringen.

Er fuhr weiter und ließ den Kuss in Gedanken immer wieder Revue passieren. Warum? Weil es ihn in einem Meer der Gelassenheit schwimmen ließ, wenn er daran dachte, anstatt von einem Sturm überwältigt zu werden.

Er fuhr fünfzehn Kilometer nach Westen, dorthin, wo sich die dichten Lichter der Stadt immer weiter entfernten. Mit einem Blick zum Himmel voller Sterne schaute er sich um. Er neigte den Kopf, um jeden möglichen Winkel zu prüfen, und lockerte seinen Griff um das Lenkrad erst, als er sich sicher war, dass er den Mond nirgendwo am Horizont sehen konnte.

Er rollte seine Schultern, um sie zu lockern. Kein Mond war gut. Kein Mond bedeutete, dass er eine halbe Chance hatte, die Nacht zu überstehen, ohne den Verstand zu verlieren.

Als er es nach Hause geschafft und geparkt hatte, schloss er die Autotür leise. Dann schlich er sich in seine Wohnung über der Scheune und ging direkt ins Bett. Wie ein Kind, das nicht erwischt werden wollte, weil es zu lange ausgeblieben war.

Und wie durch ein Wunder schlief er tatsächlich ein. Ein tiefer erholsamer Schlaf, so wie er ihn von früher kannte. Die einzigen Träume, die durch sein Gehirn huschten, waren gute Träume, voller Wiesen und Blumen und gurgelnder Bergbäche. In manchen Träumen war er allein und in anderen – in den besten – hatte er Janna an seiner Seite. Sie hielten sich fest bei den Händen. Ein paar Träume waren etwas seltsam mit Wildblumen vor seiner Nase, die ihn am Bauch kitzelten, weil er auf allen vieren darüber hockte. Oder besser gesagt, auf vier Füßen und mit einem Schwanz, der nicht aufhörte zu wedeln, weil auch Janna da war. Ihr Körper wurde vom hohen Gras verdeckt und sie schien ebenfalls geschrumpft zu sein. Aber er konnte sie direkt vor sich riechen und das war schön. Beruhigend. Friedlich.

Und ja, seltsam, aber egal. Er würde nehmen, was er kriegen konnte.

Er wachte irgendwann mitten in der Nacht auf, blinzelte eine Weile und fühlte sich zur Abwechslung einmal ungewöhnlich gut. Kein Alkohol, der durch seinen Kopf rauschte. Keine Albträume, die ihm in den Knochen saßen. Keine Erinnerungen, die ihn verfolgten.

Er schlenderte halb verschlafen ins Bad und ging dann in der Hoffnung auf noch mehr Schlaf zurück ins Bett. Doch als sein Blick zum Fenster schweifte, gefror ihm das Blut in seinen Adern zu Eis.

Der Mond. Ein fetter, gieriger, fast voller Mond, der wie ein Scheinwerfer direkt auf ihn herabschien und sagte: *Ich will dich. Ich kontrolliere dich.*

Er zog die dünnen Vorhänge zu, ließ sich auf das Bett fallen und drehte sich um. Irgendwo auf der Erde wurde der Ozean durch diese Kraft in eine Flut gezogen und zum ersten Mal überhaupt spürte auch er diesen Sog. An seiner Haut. In seinem Blut. An seiner Seele.

Ganz egal, wie sehr er sich die Träume von Janna zurückwünschte, stiegen doch nur Albträume in ihm auf. Der Mond zerrte an ihm wie an einer Marionette, die sich drehte, zuckte und sprang. Er beobachtete es wie ein Außenstehender, obwohl er immer noch genug damit verbunden war, um den Schmerz zu spüren. Der Mond riss ihn auseinander, Glied um Glied, und setzte die Teile dann auf falsche Weise wieder zusammen.

In seinem Albtraum begann er zu rennen. Er war wütend. Gefährlich. Hatte Schaum vor dem Mund. Er jagte eine hilflose Beute über bewaldete Hügel. Er näherte sich seinem Opfer und fühlte sich vom Adrenalin absolut und unkontrollierbar berauscht. Er riss ein Reh mit Zähnen, die ganz sicher nicht seine sein konnten, und genoss den bitteren Geschmack des heißen Blutes, das an seinem Kinn hinunterlief. Wölfe tauchten auf und versuchten, sich ein Stück zu stehlen. Er schnappte nach ihnen, knurrte und verjagte sie. Auch ein paar traurig dreinblickende Bären kamen vorbei und schüttelten den Kopf. Als sie weiterzogen, ohne sich einzumischen, weinte seine Seele.

Ein hoffnungsloser Fall, murmelte einer der Bären dem anderen zu.

Nicht der Mühe wert, stimmte der Zweite zu.

Und dann blieb sein Herz stehen, denn Janna erschien hinter den Bären. Sie war, abgesehen vom Ekel, der ihr ins Gesicht geschrieben stand, so strahlend und schön wie immer.

Er ist meine Zeit nicht wert, sagte sie und huschte hinter den Bären davon.

Helft mir! wollte er ihnen hinterherbrüllen. *Gebt mich nicht auf!*

„Hilfe!“, brüllte er in die Dunkelheit und setze sich schweißgebadet auf. Als er den Arm herumriss, stieß er die Lampe vom Nachttisch und Glas splitterte über den Boden. Die Scherben schimmerten unheimlich im Mondlicht, das durch seinen Vorhang drang.

Er keuchte eine Weile unter der Bettdecke, stolperte dann ins Bad und spritzte sich Wasser ins Gesicht. Er rieb sich die Augen und starrte zu Tode erschrocken darüber, was er als Nächstes tun würde, in den Spiegel. Würde er eine Faust gegen eine Wand schlagen? Den Mond anheulen?

Finde sie. Finde meine Gefährtin, knurrte die Stimme in ihm.

Er wich vor dem Spiegel zurück. Hastig verriegelte er die Tür, die er sonst nie abschloss, und klemmte sogar einen Stuhl darunter – nicht um jemanden auszusperren, sondern um sich selbst drinnen zu halten. Denn die Bilder, die mit dieser Stimme kamen, waren hässlich. Er konnte Janna sehen, die verzweifelt schrie. Sie wehrte sich gegen die aufdringlichen Hände, die nach Körperstellen griffen, die kein Mann berühren durfte. Nicht, wenn eine Frau es nicht wollte.

Janna, die sich wütend gegen *ihn* wehrte. Er war es in dieser Vision, der sie zu etwas zwang.

„Nein!“, brüllte er laut und die Vision verschwand.

Er schüttelte den Kopf und schwor sich, dass er ihr niemals wehtun würde. Das würde, nein, durfte er niemals tun.

Nur ein Traum, nur ein Traum...

Aber scheiße. Was hatten diese verrückten Ideen überhaupt in seinem Kopf zu suchen? Wenn er fähig war, sich solche Dinge vorzustellen, wäre er vielleicht auch fähig, sie zu tun.

„Niemals“, stöhnte er vor sich hin. „Niemals.“

Er sagte es sich hundertmal, dann weitere hundert und begann von Neuem. Schließlich fiel er in einen ruhigen Halbschlaf, bis er blinzelte und ein Sonnenstrahl ins Zimmer drang. Draußen krähte ein Hahn.

Er warf einen Blick auf die Uhr. Fast sechs Uhr morgens. Sonnenaufgang.

Der Hahn krähte erneut. *Beweg dich, du Arsch!*

Er rollte sich aus dem Bett und stapfte mit nackten Füßen am zerbrochenen Glas der Lampe vorbei. Er schenkte den kleinen Schnitten und Stichen keine Beachtung und starrte in den Badezimmerspiegel. Das Gesicht, das er darin sah, war ein Fremder. Er sah ihm ähnlich, aber nicht so, wie er sich an sich selbst erinnerte. Dieser Mann war düsterer. Zerzauster. Verrückter. Er konnte es in seinen Augen sehen.

Himmel, Mann, wollte er sagen. *Wer bist du eigentlich?*

Nicht der Cole Harper, der er einmal gewesen war. Der, der lächeln, flirten und scherzen konnte. Der, der sich auf alles konzentrieren konnte, was er wollte, und es mit zielstrebiger Entschlossenheit verfolgte. Derjenige, der sich vor nichts fürchtete. Weder vor wilden Pferden noch vor den Bullen, die er geritten hatte. Auch nicht vor denen, die er bezwungen hatte, als er vom Rodeo reiten zum Bullfighting, dem Schutz der Bullenreiter gewechselt hatte. Früher nannte man diesen Job *Rodeo Clown,* aber das Leben eines abgestürzten Reiters zu retten, war alles andere als witzig. Und es gab ihm ein noch größeres Hochgefühl, als ein bockendes Tier selbst zu reiten. *Echte* Bullenkämpfe – nicht dieser blutige Mist, der in Spanien mit Umhängen und wer weiß, was veranstaltet wurde. Bullenkämpfe beim Rodeo – von Angesicht zu Angesicht mit den rasenden Bestien, die die Cowboys zertrampeln wollten, die sie gerade abgeworfen hatten. Das war es, was er früher getan hatte – diesen Männern das Leben zu retten.

Und nichts hatte ihn je aufgehalten. Nichts hatte ihn jemals zum Aufgeben bewegt. Bis. . .

Bis zu dem einen Tag, der perfekt angefangen und sich dann schnell in einen realen Albtraum verwandelt hatte.

Er spritzte sich erneut Wasser ins Gesicht und schaute zu, wie die Tröpfchen hinunterrannen.

Verdammt, er war fix und fertig.

Dann reiß dich endlich zusammen, sagte das Knurren in seinem Kopf. *Gewinne meine Gefährtin für uns!*

Hätte die Stimme ein Gesicht gehabt, hätte er sie mit einem Schlag aus dem Fenster seiner Wohnung direkt in den Wassertrog darunter katapultiert. Was zum Teufel war diese Stimme?

Er stand unter der Dusche und versuchte, es zu verstehen. Vielleicht vermischten sich die Schmerzmittel, die er eine Zeit lang versucht hatte, mit dem Alkohol, in dem er sich in den letzten Monaten ertränkt hatte. Eine Art verzögerte Reaktion, die seinen Verstand durcheinanderbrachte.

Nur, dass die Stimme schlimmer geworden ist, Arschloch, sagte er sich selbst. *Obwohl du jetzt weniger trinkst.*

Bei diesem Gedanken hielt er inne. Er hatte weniger getrunken, seit er Janna kennengelernt hatte. Wegen ihrer hinterhältigen Tricks hatte er keine andere Wahl gehabt.

„Dein Whisky." Sie würde ihm zuzwinkern und ein mit Cola gefülltes Glas vor ihm abstellen. Dann würde sie ihn mit Augen anlächeln, die so voller Unschuld und Überzeugung waren – voll von *Glauben* an ihn, verdammt noch mal, als wäre sie sich seiner so sicher –, dass er einfach keine andere Wahl hatte, als die Cola hinunterzustürzen. Er würde sie trinken, mit den Lippen schmatzen und mit dem stämmigen Barkeeper scherzen, dass der Saloon wirklich stärkeres Zeug führen sollte.

Simon würde in Anbetracht von Jannas deplatziertem Einsatz für ihn die Augen verdrehen und dann weiter jeden Schritt ihrer Schwester mit seinen verliebten, treuen Augen verfolgen.

Cole dachte zurück. Dann dachte er in die Zukunft und versuchte, die Dinge in Einklang zu bringen. Die innere Stimme hatte begonnen, nachdem er angefangen hatte, weniger zu trinken. Irgendwann, nachdem er bei der Schlägerei im Saloon K. O. geschlagen worden war. An dem Tag, an dem er den Männern begegnet war, die Janna und Jess in die Enge getrieben hatten.

Vielleicht war es das gewesen. Sein Gehirn war durcheinandergeraten, als er gegen die Wand geschleudert wurde. Der Kerl, mit dem er gerungen hatte, schien übermenschliche Kräfte zu besitzen. Aber verdammt. Er war schon ein paarmal in seinem Leben gestürzt, wobei er das Bewusstsein verloren hatte. Aber niemals hatte er sich danach Stimmen in seinem Kopf eingebildet.

Gott, vielleicht sollte er doch wieder anfangen zu trinken.

Auf keinen Fall, schoss die Stimme zurück. *Wir müssen unserer Gefährtin gefallen und sie mag es nicht.*

Er stieg aus der Dusche, kämmte sich mit den Fingern durchs Haar und riskierte einen weiteren Blick in den Spiegel. Junge, sah er düster aus. Und müde. So, so müde.

Nachdem er sich den stärksten Kaffee der Welt gebrüht und ein Stück Toast verbrannt hatte, ging er die knarrende Außentreppe zur Scheune hinunter. Langsam, um das Sonnenlicht zu genießen, das ihn an Janna und alles Gute erinnerte.

„Hallöchen, Pip." Er warf dem einäugigen Chihuahua-Pitbull-Mischling, der wie jeden Tag schwanzwedelnd auf ihn zugestürmt kam, die Kante seines Toastbrotes zu.

Doch der Hund blieb plötzlich stehen, wich zurück und fletschte die Zähne.

„Hey, was habe ich denn gemacht?", rief Cole dem Hund hinterher. Dann trat er in den Dreck. „Toll." Die einzigen beiden Seelen auf der Welt, die ihn ohne zu urteilen ansahen, waren Pip und Janna, und jetzt hasste Pip ihn auch.

Damit blieb nur noch Janna übrig und Himmel, wie lange würde es dauern, bis auch sie ihn aufgab?

„Schlecht geschlafen, Cole?", rief Rosalind ihm von ein paar Pferdeboxen weiter hinten zu.

Ros war alt genug, um seine Großmutter zu sein. Sie kümmerte sich auch wie eine solche um ihn. Das unbezähmbare, ehemalige Cowgirl war die Besitzerin der Lazy Q Ställe und führte den Laden so gut wie allein, aber sie sagte, sie hätte trotzdem gern einen Mann um sich. Dennoch vermutete Cole, dass es bei diesem Job mehr darum ging, sich um ihn zu kümmern, als dass er sich um die Pferde kümmerte. Sie schimpfte darüber, wie viel oder wenig er aß, trank und schlief, als ob sie vergessen hätte, wie viele Söhne sie zur Welt gebracht hatte. Sie nahm auch ihn unter ihre Fittiche, so wie sie es mit Pip und einem halben Dutzend Pferden getan hatte, die von allen anderen aufgegeben worden waren. Entweder, weil sie zu alt, zu klapprig oder zu nervös waren, um noch von Nutzen zu sein.

Kein Wunder, dass er sich an diesem Ort immer zu Hause gefühlt hatte.

„Morgen, Ros." Er griff nach einem Sattel. „Wie viele heute?"

Das Wanderreitgeschäft in diesem Teil von Arizona hatte mehr Tiefen als Höhen, aber Rosalind schaffte es normalerweise, gerade genügend Kunden aufzutreiben, um die Rechnungen zu bezahlen.

„Acht Reiter." Sie sprach, während sie einen Eimer Hafer füllte. „Du kannst mit Lucky anfangen, dann sattle Rye... "

Er schwang den Sattel über ein Geländer und ging in Luckys Stallbox, dankbar für dieses Stück Normalität. Da er auf einer Ranch aufgewachsen war, konnte er diesen Job im Schlaf erledigen. Ein paar Pferde satteln, die Stallungen putzen. Vor einem Jahr hätte er noch darüber gespottet, aber verdammt, jetzt war er zufrieden damit. Er verdiente ein bisschen Geld und hatte eine Zweizimmerwohnung über dem Stall. Perfekt für einen nicht allzu wählerischen, angeschlagenen Cowboy, der versuchte, den Geistern seiner Vergangenheit zu entkommen.

Außerdem waren ihm für diesen Job nicht viele Fragen gestellt worden, solange er sich mit Pferden auskannte. Warum wollte ein Mann in seinen besten Jahren in einem Job, mit dem man kaum über die Runden kam, in einem staubigen Stall am Ende der Welt arbeiten. Aber er kannte sich mit Pferden aus. Mit Pferden und Bullen.

„Morgen, Lucky", murmelte er und betrat die Box.

Die gescheckte Stute nickte einmal zur Begrüßung, legte dann jedoch die Ohren von schläfrig zu alarmiert nach hinten an und wich ihm seitlich aus.

„Oha, ganz ruhig", versuchte er es mit leiser Stimme.

Das Pferd schnaubte. Seine rosaroten Nüstern blähten sich weit auf und es schnupperte in der Luft herum. Das Tier scharrte mit den Hufen durch das Heu.

„Komm schon, nur ein kleiner Ausritt." Beim dritten Versuch gelang es ihm schließlich, die Führleine am Halfter zu befestigen. Warum war das Pferd so schreckhaft? Es tänzelte herum, als er es hinausführte und warf den Kopf unruhig hin und her, während er es sattelte. Die Stute beruhigte sich erst, als sie draußen waren und er sie dort bereit zum Ausritt an einen Pfosten band.

Verdammtes Pferd. Vielleicht hatte es auch schlecht geschlafen.

Aber nachdem sich ein Pferd nach dem anderen genauso verhielt, schüttelte sogar Rosalind den Kopf.

„Was ist mit dir los, Junge?"

Scheiße. Er wünschte, er wüsste es.

„Was auch immer es ist, was dich fertigmacht, halte es von der Scheune fern. Nervöse Pferde sind das Letzte, was ich gebrauchen kann, wenn sie von Gästen geritten werden, die kaum den Kopf eines Pferdes von seinem Hinterteil unterscheiden können." Sie trat näher und griff mit der Hand nach seinem Kinn. Sie drehte seinen Kopf erst nach rechts und dann nach links und musterte ihn so, wie sie kranke Pferde und Kühe betrachtete. „Hat dein Mädchen dir einen Korb gegeben?"

„Mädchen?" Woher wusste Rosalind denn von Janna? Und Janna hatte ihm keinen Korb gegeben. Jedenfalls noch nicht.

Sie lachte leise. „Das arme Mädchen, das so hart daran gearbeitet hat, dich auf Vordermann zu bringen."

Er wich zurück und fuhr sich mit der Hand über das Kinn. Die Stoppeln fühlten sich seltsam an, weil er sich normalerweise rasierte. Nun zumindest in den letzten paar Wochen, damit Janna ihn nicht für einen kompletten Penner hielt.

Rosalind klopfte ihm auf die Schulter. „Sie scheint ein Mädchen zu sein, das du behalten solltest, wenn du mich fragst."

Er hatte sie nicht gefragt, aber das hielt Ros nicht auf.

„Ein Mädchen, das es wert ist, sich ein bisschen mehr anzustrengen." Sie warf ihm einen ihrer *Sohn, ich erwarte mehr von dir*-Blicke zu.

Ein Mädchen, für das es sich zu sterben lohnt, fügte die Stimme in seinem Kopf mit einem Knurren hinzu.

„Ähm…", erwiderte er. Was genau sollte ein Mann dazu sagen? *Ein Mädchen, das etwas Besseres verdient hat als mich?*

Ros schlug ihm auf die andere Schulter. So fest, dass er davon zusammenzuckte. „Geh wieder an die Arbeit. Hör auf, die Pferde zu verärgern. Und heute Abend. . . " Ihr faltiges Gesicht nahm einen schelmischen Ausdruck an. „Heute Abend besorgst du ein paar Blumen, bringst sie ihr mit und. . . " Sie zwinkerte und räusperte sich dann. „Ich bin mir sicher, den Rest kannst du dir selbst ausmalen. "

Cole lehnte sich gegen das Scheunentor und beobachte Rosalind, die wie ein rasender Wirbelsturm ein neues Ziel anvisierte. Er wollte protestieren, weil er nichts getan hatte, das Janna verärgert hatte.

Wir haben aber auch nichts getan, womit wir sie verdient hätten, sagte eine mürrische Stimme.

Er dachte lange darüber nach. Traute er sich, zu tun, was Rosalind vorgeschlagen hatte? Er ließ seinen Blick über die mit Kiefern bewachsenen Hügel schweifen und blieb am Kamm des Bergrückens hängen. Der blasse Mond begann gerade, dahinter zu verschwinden und im Morgenlicht unterzugehen. Es würde nicht mehr lange dauern, bis der Mond voll wäre und im Gegenspiel mit der Sonne auf- und unterging.

Ich brauche Janna, sagte die Stimme in ihm ernst. *Brauche sie, um die Veränderung zu überleben. . .*

Er schüttelte den Schauder ab, den niemand an einem so warmen Tag in Arizona spüren sollte, und ging zurück in die Scheune.

Kapitel 4

Janna rieb sich die Augen und gähnte, als sie die Treppe zum Saloon hinunterstapfte. Sie wünschte sich, sie hätte die Art von Nacht gehabt, von der sie geträumt hatte – ganz nah und auf Tuchfühlung mit Cole Harper –, anstatt nur eine weitere einsame Nacht allein zu verbringen.

„Morgen", brummte Soren aus dem winzigen Büro neben dem Hinterzimmer des Saloons.

Bären waren ungefähr genauso begeistert vom frühen Morgen wie sie selbst. Die Einzige unter den Gestaltwandlern, die über dem Blue Moon Saloon lebten, der es nichts ausmachte, vor zehn Uhr morgens aufzuwachen, war ihre Schwester Jessica. Der Beweis dafür war der Geruch frischgebackener Muffins, der aus dem kleinen Café nebenan hinüberwehte.

„Muffin?", fragte Janna und ging auf die Hintertür zu.

Soren nickte. „Kaffee?"

Es war zu einem freundschaftlichen Ritual zwischen ihnen geworden: Er holte den Kaffee und sie die Muffins und dann kümmerten sie sich beide um alles, was an diesem Tag zu tun war, bevor sie den Saloon öffneten.

Sie ging hinaus und bahnte sich ihren Weg von der Hintertür des Saloons zur Hintertür des Cafés.

„Morgen!", sang Jessica praktisch, als Janna hereinkam.

„Morgen." Sie unterdrückte ein Seufzen. Ihre Schwester war schon immer ein Frühaufsteher gewesen, aber das freudige Strahlen, das sie in letzter Zeit versprühte, machte es noch viel schwerer zu ertragen.

Jessica streckte ihr ein Kuchengitter mit dampfenden Muffins entgegen. „Brombeer-Johannisbeere. Meinst du, Simon wird sie mögen?"

„Ich mag alles, was du bäckst." Simon stand in der Tür und rieb seine Schulter am Türrahmen, um sein Revier zu markieren.

Jessicas Gesicht färbte sich zu einem noch tieferen Rosa und sie schmiegte sich in seine Umarmung. Janna seufzte und starrte auf den Boden. Dann schnappte sie sich drei Muffins – einen für sich selbst und zwei für Soren – und ging an den glücklich Verliebten vorbei. Sie freute sich für ihre Schwester und Simon, aber als unschuldiger Außenstehender konnte man so viel Verliebtheit und gegenseitiges Muffin-Füttern fast nicht ertragen.

„Muffin", seufzte sie und stellte den Teller vor Soren hin.

„Kaffee", gähnte er und reichte ihr einen Kaffeebecher.

Sie standen eine Sekunde lang mit ihrem Kaffee in den Händen da, hörten dem Kichern nebenan zu und starrten ins Leere. Janna hatte sich nie viel aus dem Konzept der Schicksalsgefährten gemacht, weil sie dachte, dass sie sich einen Partner aussuchen konnte, wenn sie sich jemals dafür entschied. Aber Simon und Jess zusammen zu sehen, brachte sie zum Nachdenken. Und seit sie Cole getroffen hatte...

Gefährte. Ihre Wölfin nickte fröhlich. *Mein.*

Soren verschlang einen bärengroßen Bissen seines Muffins und seufzte dann mit Blick auf die Papiere, die sich auf seinem Schreibtisch stapelten. Der Mann liebte Holzarbeiten, Rippchen und das Herumstreifen in freier Natur. Ein Bär, der im Büro arbeitete, nun, es war nicht wirklich natürlich.

Janna griff nach seiner Stuhllehne und drehte ihn herum. „Wie wäre es, wenn du einen Morgenspaziergang machst. Ich kümmere mich um die Rechnungen."

Seine lustlosen Augen leuchteten ein wenig auf und er schaute zu den Hügeln hinüber. Allein vom Gedanken daran sich zu verwandeln, stieg ein Hauch holzigen Bärendufts von ihm auf.

„Ähm... nun..."

Sie zeigte mit dem Daumen auf die Tür. „Geh einfach. Ich mache das hier schon."

„Vielleicht nur ein kurzer Spaziergang..."

Sie schob ihn in Richtung Tür. Nun ja, tatsächlich stieß sie gegen seinen breiten Rücken, denn Bären rührten sich nicht, wenn sie es nicht verdammt noch mal wollten. Offenbar war sein Bär jedoch einverstanden, denn noch bevor sie *Buh* sagen konnte, war Soren bereits zur Tür hinaus, in seinen Pick-up gesprungen und hatte sich auf den zehnminütigen Weg zum Nationalpark gemacht.

„Uff", flüsterte sie angesichts des Berges von Papierkram. Nach einem weiteren Schluck Kaffee machte sie sich an die Rechnungen, die sich auf dem Schreibtisch stapelten.

Strom, Wasser, Lieferungen. Sie öffnete Umschläge, stellte Schecks aus und notierte sie ordentlich in einem altmodischen Hauptbuch, das Sorens Versuch in Büroorganisation war.

Miete. Sie unterschrieb diesen Scheck mit einem Smiley in der Vermerkzeile, denn Tina Hawthorne-Rivera würde ihn einlösen. Ohne Tina hätten Simon und Soren es vielleicht nicht geschafft, den Saloon von den Wölfen der Twin Moon Ranch zu mieten. Wäre Tina nicht gewesen, wären Janna und Jessica vielleicht immer noch auf der Flucht. Wäre Tina nicht gewesen, wären viele gute Dinge vielleicht nie passiert.

Wie zum Beispiel ihr Job hier im Saloon. Ihr gemütliches Zimmer im Obergeschoss. Die Begegnung mit Cole.

Das war nicht Tina, sagte eine kleine Stimme in ihrem Hinterkopf. *Das war das Schicksal.*

Sie dachte darüber nach, während sie nach dem nächsten Umschlag griff. Kein Absender, kein Logo. Ihr Herz schlug ein wenig schneller und sie warf einen verstohlenen Blick auf die Tür.

Wahrscheinlich ist er von der neuen Kleinbrauerei in Flagstaff, sagte sie sich und versuchte, nicht zu zittern, als sie ihn öffnete. *Oder vielleicht ein Aufruf für eine örtliche Wohltätigkeitsorganisation oder vielleicht...*

Sie zog den Brief heraus und starrte auf den dreizeiligen Text.

Reinheit! Reinheit! verkündete die oberste Zeile in Fettdruck.

Verdorbene Wandler sollen mit ihrem Leben bezahlen, stand darunter und ganz unten...

Ihr Magen überschlug sich.

Ihr werdet mit eurem Leben bezahlen. Das *ihr* war viermal unterstrichen, so wie immer.

Sie zerknüllte den Brief und warf ihn in den Mülleimer. Sie putzte sich die Hände ab, als hätte sie gerade eine tote Ratte angefasst, griff dann in den Papierkorb und schob den Brief noch tiefer hinein. Sie warf einen Blick zur Tür, um sich zu vergewissern, dass niemand da war, der sie sehen konnte. Dann zwang sie sich, nach der nächsten Rechnung zu greifen und sie zu öffnen, als wäre nichts passiert. Als ob das Böse, das sie jagte, mit einer versteckten Kamera auf ihre Reaktion wartete.

Sie öffnete drei weitere Rechnungen und tat so, als wäre sie ruhig und gelassen. Aber innerlich kochte sie vor Wut.

Die Blue Bloods hatten ihre hasserfüllte Offensive immer noch nicht aufgegeben. Sie waren immer noch ein Angriffsziel. Sie und Jess, genau wie Simon und Soren. Und das alles nur, weil sich ihr Wolfsrudel und der Bärenclan den Gestaltwandlerextremisten zufolge, die die Rassenreinheit über alles andere stellten, zu nahegekommen waren. Die Blue Bloods hatten erst den Bärenclan überfallen und dann ihr Wolfsrudel angegriffen.

Sie starrte in die Leere und erinnerte sich an die Flammen. An die Schreie. Sie erinnerte sich daran, wie Jessica ihr zugerufen hatte, sie solle um ihr Leben laufen. Sie waren entkommen und damit die einzigen Überlebenden dieser schrecklichen Nacht.

Und auch Überlebende eines weiteren schrecklichen Tages, der noch gar nicht lange zurücklag. Die Blue Bloods hatten sie und Jessica bis in den Blue Moon Saloon gejagt und wenn Cole nicht eingeschritten und Simon und Soren gerade dann aufgetaucht wären, als sie die Hoffnung aufgegeben hatten, wäre sie jetzt tot.

Wir kommen wieder...

Sie konnte den spöttischen Schrei von Victor Whyte, dem Anführer der Blue Bloods, noch immer hören, als er durch die Hintertür des Saloons entkommen war.

Janna warf einen Blick auf den Mülleimer. Waren diese Briefe ein Vorbote für weiteren Ärger oder wollten die Blue

Bloods ihr nur Angst machen?

„Hab dich, Baby." Simons neckende Stimme drang von nebenan an ihr Ohr, wo er mit seiner Gefährtin flirtete.

Janna rollte ihre Schultern und sagte sich, dass sie sich entspannen solle. Es gab keinen Grund zur Sorge. Sie war von zwei Bären umgeben und stand unter dem Schutz der Wölfe des Twin Moon Rudels – des mächtigsten Wolfsrudels im Südwesten. Die Blue Bloods würden es nicht wagen, einen weiteren Anschlag auf den Saloon zu verüben. Oder doch?

Sie schüttelte vehement den Kopf. Es hatte keinen Sinn, in Angst zu leben, so wie es auch keinen Sinn ergab, ständig um alles zu trauern, was sie in Montana verloren hatte. Sie war ein optimistischer Typ, jemand, der das Glas immer als halb voll betrachtete. Das musste sie auch sein. Sonst würde sie vielleicht noch alt und verbittert werden und ihre Tage damit verbringen, über eine lange Liste von Dingen, die sie bereute, zu seufzen.

„Hey, Janna!", rief ihre Schwester und sie sprang praktisch vom Stuhl auf.

„Ja?"

„Willst du meine neuen Muffins probieren?"

„Ich komme gleich." Sie stieß sich vom Schreibtisch ab und war froh, ihren Gedanken für eine Weile zu entkommen. Sie hatte darüber nachgedacht, ob sie den anderen von dem Brief erzählen sollte, sich aber dagegen entschieden. Sie alle wussten, dass die Blue Bloods dort draußen waren. Aber den Abtrünnigen war eine Lektion erteilt worden und sie würden sich nicht wieder hierherwagen.

Sie bellen nur und beißen nicht. Sie ließ diesen Gedanken in ihrem Kopf nachklingen, als sie aus dem winzigen Büro hinaustrat und sich im Hinterzimmer des Saloons umschaute. Sie und Jess hatten sich gegen die Blue Bloods gewehrt und Cole war genau zum richtigen Zeitpunkt aufgetaucht. Er hatte auch wie ein Champion gekämpft, bis die Schurken ihn gegen eine Wand geschleudert hatten. Sie schloss die Augen und erinnerte sich an den schrecklichen Moment, als er zusammenbrach und schlaff geworden war. Sie hatte ihn geschüttelt und geschluchzt, als er nicht wieder zu sich kam, weil sie das Schlimmste erwartet hatte. Aber am Ende war alles in Ordnung gewesen. Er hatte sich wieder aufgerappelt und war ohne einen Kratzer aus dem Kampf davongekommen.

Ohne einen Kratzer...

Der Gedanke wirbelte durch ihren Kopf, als sie die Wand anstarrte, gegen die Cole geschleudert worden war.

Sie bellen nur und beißen nicht...

„Janna!", rief Jess.

„Viel Spaß." Simon lächelte sie an, als sie sich draußen über den Weg liefen.

Bellen... Beißen... Kratzen... Ihr Magen zog sich zusammen, als sie darüber nachdachte.

„Probiere das." Jess hielt ihr einen Muffin hin, als sie das Café durch die Hintertür betrat. „Blaubeere-Supreme. Simons neue Lieblingssorte."

Janna nahm den Geschmack kaum wahr. Sie half ihrer Schwester in der Küche, denn der Eröffnungstag des neuen Cafés war nur noch zwei Wochen entfernt und Jessica arbeitete gerade an einigen neuen Rezepten. Es dauerte ganze zwei Stunden, bis Janna schließlich den Mut aufbrachte, anzusprechen, was ihr auf der Seele lag.

„Jess... Ist dir in letzter Zeit etwas... nun ja, an Cole aufgefallen?"

Ihre Schwester kicherte. „Du meinst abgesehen davon, dass die Hälfte der Frauen im Saloon jedes Mal mit den Wimpern klimpert, wenn er hereinkommt?"

„Ich meine... ähm, sonst noch etwas?"

„Außer der Tatsache, dass er dich ansieht, als würde die Sonne für immer verblassen, wenn du den Raum verlässt? Er ist in deiner Nähe wie ein verliebter Welpe."

Janna täuschte ein Lachen vor, das dem ihrer Schwester ähnelte.

Verliebter Welpe oder verliebter Wolf?

„Er war in letzter Zeit sehr launisch", fügte Jess in einem ernsteren Nachsatz hinzu. „Aber dieser Mann wirkte schon immer bedrückt."

Cole war in den letzten Wochen furchtbar launisch gewesen. So launisch wie das Frühlingswetter in Montana. Innerhalb von zwei Sekunden konnte er von verträumter Ruhe zu einem vulkanischen Grollen übergehen. Und seine grauen Augen wandelten sich von einem rastlosen Umherzucken zu einer Schönwetterwolke, die in einer leichten Brise dahintrieb.

Er war, mit anderen Worten, stets auf Messers Schneide.

Scheiße, scheiße, scheiße.

Jess zuckte mit den Schultern und machte sich wieder daran, ihre Schüssel abzuspülen. „Der arme Mann macht wahrscheinlich einen Entzug durch, weil du ihn dazu gezwungen hast, mit dem harten Trinken aufzuhören."

Janna wollte vor Stolz platzen, denn es stimmte teilweise. Sie hatte Coles Alkoholkonsum stetig gesenkt und es hatte funktioniert.

Aber ein mulmiges Gefühl in ihrem Bauch sagte ihr, dass das nicht der Grund für seine Stimmungsschwankungen war. Der wahre Grund könnte etwas anderes sein. Etwas Schreckliches.

Natürlich hatte sie ihn nach dem Kampf mit den Abtrünnigen auf Wunden untersucht, aber sie war nicht sonderlich gründlich gewesen. Selbst ein kleiner Kratzer könnte ausreichen, um einen Menschen zu verwandeln.

Oder ihn zu töten.

Wie aufs Stichwort tauchte ein Schatten in den vorderen Fenstern auf und da war Cole.

Gefährte! Ihre Wölfin sprang förmlich auf und wedelte mit dem Schwanz. Sie presste ihren Hintern auf den Boden und stellte die Vorderpfoten so auf, dass er, wenn er den Kopf drehte und seinen Röntgenblick einsetzte, eine absolut freundliche zahme Wölfin sehen würde.

Und er drehte den Kopf. Er blieb wie angewurzelt stehen und spähte durch die Fenster, als ob er sie dort drin gespürt hätte.

„Hi, Cole!" Jessica winkte fröhlich.

Er winkte zurück und ließ sein perfektes Lächeln aufblitzen.

Gefährte! heulte ihre Wölfin. *Gefährte!*

Sie stürmte auf den Bürgersteig hinaus und kam dann keuchend vor ihm zum Stehen. Sie suchte in seinen Augen nach dem verräterischen Funkeln eines sich Verwandelnden.

„Hallöchen, Janna.“

„Hi, Cole.“ Sie strich mit den Händen an seinen Armen hinauf und hielt sich erleichtert an ihm fest, denn seine Augen waren normal. Nun, normal für Cole, was bedeutete dunkel und stürmisch, aber mit silbrigen Sonnenstrahlen, die die Wolken durchbrachen. Keine verirrten Funken, kein Feuerwerk, Gott sei Dank.

Sie zog ihn in eine erleichterte Umarmung und lachte ihm ins Ohr.

„Was?“ Er schaute sie mit einem Grinsen an.

Sie schüttelte den Kopf. „Ich bin nur so froh, dich zu sehen.“ *So froh, dich menschlich zu sehen. So froh, dass es dir gut geht.*

Was seine eigenen Probleme mit sich brachte, wie sie feststellte, als sie ihn durch das Café führte, um sich einen Muffin zu holen, bevor sie in den Saloon weitergingen. Er war ein Mensch. Sie war eine Gestaltwandlerin. Sich mit Cole einzulassen, würde den Zorn der Blue Bloods auf sie ziehen.

Ihr werdet mit euren Leben bezahlen…

Sie verbarg ihr Zittern hinter einem federnden Schritt und führte ihn zu seinem Lieblingsplatz an der Bar.

Sich mit Cole einzulassen, bedeutete, ihre Schwester und die Bärenbrüder in Gefahr zu bringen, und sie waren ihre einzige Familie.

Sie und auch Cole, fügte ihre Wölfin hinzu.

Sie zwang sich, seinen Arm loszulassen.

„Also, was kann ich dir bringen?“

„Kaffee, bitte?“ Er zog die Augenbrauen hoch, als er sie fragte, und sie schmolz direkt wieder dahin.

„Wir hätten auch gern noch Kaffee“, riefen die Jungs in der Ecke. „Simon, kannst du den Fernseher einschalten?“

Sie eilte los, um die Kaffeekanne zu holen, und stürmte dann zurück zu Cole, stellte eine Tasse vor ihm hin und schenkte ihm ein. Als sie ihn lächeln sah, wurde ihr wieder ganz warm ums Herz.

Er beugte sich vor und flüsterte ihr ins Ohr. „Ich liebe deinen Kaffee.“

Liebe! Ihre Wölfin schnappte sich das Wort wie einen Knochen und spazierte damit herum. *Er liebt mich! Liebt mich!*

Sie wollte dem Tier eine Ohrfeige geben und schreien: *Kaffee, Dummkopf. Er liebt den Kaffee.* Aber die Art und Weise, wie er ihr in die Augen sah, machte es leicht, etwas anderes zu glauben.

Sie lächelte schüchtern und er lächelte zurück. Eine leichte Berührung an ihrem Arm jagte verrückte Gefühle durch ihren Körper.

Hinter ihnen ertönte der Fernseher und Cole erstarrte.

„Ein wunderschöner Tag hier in Las Vegas für die jährlichen Meisterschaften im Bullenreiten", sagte der Sprecher.

Cole drehte sich nicht auf seinem Hocker, um fernzusehen, und zuckte auch nicht mit dem Kopf. Er bewegte sich überhaupt nicht. Er saß starr wie eine Statue da, während die Show weiterging.

„Wir haben einen großartigen Tag für Sie", fügte ein zweiter Sprecher hinzu und begann, das Programm für den Tag durchzugehen.

„Janna, kannst du uns nachschenken?", fragte einer der Rancharbeiter.

Sie riss sich von Cole los und füllte alle Kaffeetassen auf, während sie weiter auf den Bildschirm starrte. Wütende Bullen drehten und wendeten sich. Sie zerschlugen die Arena. Die Männer, die auf ihnen ritten, ruckelten und zuckten wie Marionetten. Janna zuckte zusammen, als ein Mann nach dem anderen zu Boden stürzte und schnell aus dem Weg der angreifenden Bullen huschte. Die Menge jubelte, der Summer tönte und der Sprecher stellte die Teilnehmer und Bullen im Schnelldurchlauf vor. Einer von ihnen hieß *Monster,* ein anderer *Mister Devil* und ein dritter *Dante's Inferno.*

Janna warf Cole einen Blick zu, dessen Gesicht wie eine versteinerte Maske war.

Einer der Rancharbeiter von Twin Moon, der in der Ecke saß, zeigte auf den Bildschirm auf einen Cowboy, der in Zeitlupe von einem tobenden Bullen flog.

„Genau wie du auf der Ranch von dem Bullen geflogen bist, Jake."

Jake ließ ein gutmütiges Lächeln aufblitzen und zog seinen Ärmel hoch. „Ich habe immer noch die blauen Flecken. Schau sie dir an.“

„Genau wie die auf deinem Arsch“, spottete sein Freund, bis ihm wieder einfiel, dass Janna in der Nähe war. „Tut mir leid, Schätzchen.“

Sie nahm es kaum wahr, weil sie immer noch auf Jakes Arm starrte. Sie hatte nur selten blaue Flecke an einem Gestaltwandler gesehen, weil sie einfach zu schnell heilten. Und das bedeutete, dass Jake einen höllischen Sturz hinter sich haben musste.

„Dieser neue Brangus-Criollo-Hybrid, den wir probieren, mag es überhaupt nicht geritten zu werden.“

„Die mögen so gut wie gar nichts“, meckerte ein anderer.

Janna schaute zu Cole hinüber, der sich so fest an das Messinggeländer des Tresens geklammert hatte, dass seine Fingerknöchel ganz weiß geworden waren.

„Ähm, Jungs, könnt ihr euch das woanders anschauen?“, warf sie ein.

„Machst du Witze? Das ist das Finale, Janna. Das Finale!“

Sie nickte. Ein Bullenreiten-Finale, das Cole wirklich weder sehen noch hören wollte. Warum, wusste sie nicht. Nur, dass er noch versteinerter aussah als je zuvor.

„Das ist also die Aufstellung für heute, zusammen mit den besten Bullenkämpfern des Landes, um unsere Reiter zu schützen.“ Die Kamera schaltete zurück zum Moderator, der sich an seinen Co-Kommentator wandte. „Sonny, was glauben Sie, wie sich die Tragödie des letzten Jahres auf die heutigen Reiter auswirken wird?“

Sie blieb mitten im Schritt stehen und starrte auf den Bildschirm, wo der Mann namens Sonny traurig den Kopf schüttelte. Tragödie?

„Nun, Frank, sie sind Profis. Ich weiß, dass sie alle darüber nachgedacht haben, aber sie müssen heute mit klarem Kopf in die Arena gehen.“

„Eine wirklich furchtbare Sache“, stimmte der Sprecher zu und der Saloon wurde bis auf das leise Quietschen der Deckenventilatoren völlig still. „Also, Leute, einige von Ihnen wollen sich das vielleicht nicht ansehen. Aus Respekt vor dem Bullenreiter und seiner Familie werden wir das Schlimmste nicht zeigen, aber wir halten es für wichtig, die Heldentaten unseres Profi-Bullenkampfteams hervorzuheben."

Sie schaute mit offenem Mund zu, als der Bildschirm einen anderen Bullen zeigte, der aus einem mit dem Datum des letzten Jahres gekennzeichneten Pferchs stürmte. Eine Wiederholung des Ereignisses, über das sie gerade sprachen.

„Es begann wie jeder andere Ritt..."

Der Ton wechselte zur Stimme eines anderen Sprechers. „Und hier kommt Hammersmith aus dem Pferch..."

Ein riesiger, schwarzer Bulle stürmte in die Arena und bockte wie wild.

„Zu diesem Zeitpunkt schien A.J. die Kontrolle zu haben...", sagte der Live-Kommentator über die Stimme der Wiederholung hinweg.

Der Bulle neigte den Kopf und riss ihn dann hoch, was seine Hörner bis auf wenige Zentimeter vor das Gesicht des Reiters brachte.

„Aber schauen Sie, wie Hammersmith in die nächste Drehung geht..."

Janna wollte nicht hinsehen, aber sie konnte nicht anders, als sich der Ton veränderte und von den jetzigen Sprechern zu der Stimme schwenkte, die die Szene damals live kommentiert hatte.

„Er ist am Boden! Er ist am Boden!", schrie der Live-Sprecher.

Janna schaute entsetzt zu, wie der junge Reiter vom Bullen abgeworfen wurde und in einem unnatürlichen Winkel mit dem Kopf voran in die Mitte der Arena stürzte. Das Bild wurde kurz vor dem Aufprall ausgeblendet, aber es brauchte nicht viel Fantasie, um die Lücken zu füllen.

„Scheiße", murmelte einer der Rancharbeiter.

„Die Ärzte meinten, dass die Wirbelsäule bereits in diesem Moment gebrochen wurde", sagte der heutige Kommentator über die Stimme des anderen hinweg. „Dagegen kann auch ein Helm nichts ausrichten."

Ein entsetztes Stöhnen ging durch das Publikum, gefolgt von Rufen, als der Bulle sich umdrehte, um den erschlafften Körper anzugreifen.

„Und jetzt schauen Sie sich an, wie unsere Bullenkämpfer eingreifen!", rief der Live-Sprecher. „Schauen Sie sich das an!"

Jannas Hand zitterte, als sie drei Männer nach vorn stürmen sah.

„Genau das ist der Grund, warum wir sie nicht Rodeo Clowns nennen, Leute...", sagte der Kommentator über die drei Männer.

„Achten Sie auf den in Blau..."

Aus den Augenwinkeln sah sie, wie sich Cole versteifte. Aber ihr Blick klebte am Bildschirm, wo der Schnellste der drei Bullenkämpfer zwischen dem Bullen und dem Körper im Dreck hin und her sprang und versuchte, das Tier abzulenken. Er sprintete in das Sichtfeld des Bullen, aber das Tier war auf den gefallenen Reiter fixiert.

Jeder normale Mensch würde verschwinden, aber der Bullenkämpfer in Blau stellte sich dem Biest in den Weg und wagte es, ihn anzugreifen.

„Achthundert Kilogramm angreifender Bulle, Leute, und dieser Mann schlägt sich wacker." Der Sprecher pfiff.

Der Bulle senkte seine Hörner und stürmte los.

„Aus dem Weg, Mann!", murmelte einer der Rancharbeiter dem Bildschirm zu.

Die beiden anderen Bullenkämpfer winkten und brüllten von beiden Seiten und versuchten, den Bullen wegzulocken –, jedoch vergeblich.

Janna schüttelte den Kopf über die Unmöglichkeit des Ganzen. Wenn der Kämpfer sich bewegte, würde die angreifende Bestie den gestürzten Reiter zertrampeln. Aber wenn der Bullenkämpfer dort stehen blieb, würde er selbst zertrampelt werden.

Wie erstarrt schaute sie zu, als der Mann seine Hände ausstreckte und nach den Hörnern des Bullen griff. Das Tier riss seinen Kopf nach oben und hob den Mann dabei hoch.

„Schauen Sie sich das an!", schrie der Sprecher, als der Mann sein Gewicht zur Seite warf.

„Gott, der Typ hat Mumm", murmelte ein weiterer Rancharbeiter.

Der Kopf des Bullen drehte sich zur Seite und sein ganzer Zorn richtete sich nun auf seinen neuen Feind. Er trampelte nur Zentimeter neben dem verletzten Mann vorbei und stürmte weiter, um den Bullenkämpfer zu erwischen. Der Mann rutschte und versuchte, den Hufen auszuweichen. Irgendwie bekam er genügend Halt, um zur Seite zu springen. Er duckte sich, als der Bulle seine Hörner erst nach rechts und dann nach links stieß.

„Das nennt man einen Profi, Leute", murmelte der Sprecher.

So ging es noch eine Minute lang weiter, mit einem unerbittlichen Bullenkämpfer und einem ebenso entschlossenen Bullen, bis schließlich ein Mann auf einem Pferd ankam und den Bullen zur Seite trieb.

Cole erhob sich von seinem Hocker und ging ohne ein Wort zu sagen zur Tür des Saloons, aber Jannas Blick war noch immer auf den Fernseher gerichtet. Der Bullenkämpfer auf dem Bildschirm hatte irgendetwas an sich…

Sie sah, wie der Mann in Blau zu dem Verletzten eilte, während die Sanitäter mit einer Trage hereinstürmten. Er beugte sich über den gestürzten Bullenreiter und wich dann zurück, um dem medizinischen Team Platz zu machen.

„Gott, das sieht nicht gut aus", sagte der Sprecher der Veranstaltung leise.

Der Bullenkämpfer wich gute drei Meter zurück, bevor er sich der Kamera zuwandte. Nach zwei weiteren Schritten fiel er auf ein Knie. Er blieb eine lange Zeit regungslos, bevor die beiden anderen Bullenkämpfer zu ihm kamen, ihm auf den Rücken klopften und ihn auf die Beine zogen.

Ein großer Mann mit sandfarbenem Haar.

Heilige Scheiße.

Cole. Das war Cole, der dort auf die Beine gezogen wurde.

Der Fernseher schaltete zurück auf den diesjährigen Sprecher, der traurig den Kopf schüttelte. „Wahre Helden, diese Bullenkämpfer. Die Ärzte taten, was sie konnten, aber ein gebrochenes Genick ist ein gebrochenes Genick… "

Sie schloss die Augen.

„Szenen, die uns alle verfolgen werden. . . “, sagte der Sprecher.

Sie drehte sich zu den Saloontüren um, die von Coles lautlosem Abgang noch immer hin und her schwangen. Sie schüttelte den Kopf. Cole. . .

Eine Sekunde später stürzte sie hinaus, um ihm zu folgen.

Kapitel 5

Cole schritt über den Bürgersteig und nahm nichts um sich herum wahr.

Seine Ohren rauschten und in seiner Nase kitzelte ihn der Geruch eines wütenden Bullen. Anstatt der Straße sah er nur die Arena vor sich. Alles in seiner Erinnerung, aber alles so klar.

Er ist am Boden! Er ist am Boden! hatte der Sprecher gebrüllt.

Er zuckte bei der Erinnerung an den gefallenen Reiter zusammen, der regungslos im Dreck lag. Er stand nicht auf. Er würde nie wieder aufstehen.

Gott, hätte er doch nur nicht vorher an diesem Tag mit dem Jungen gesprochen.

Der Reiter, A.J., war ein Neuling in der Bullenreiterszene gewesen. Großspurig nach außen hin, aber innerlich verdammt nervös, weil er den härtesten Bullen in der Aufstellung gezogen hatte.

Cole hatte den Jungen eine Stunde vor seinem Ritt gesehen, wie er über dem Waschbecken hing und ins Leere starrte.

„Du kriegst das hin, Junge." Er hatte sein großes Maul aufgerissen, dem Jungen auf den Rücken geklopft und ihm ein *Du schaffst das*-Lächeln geschenkt.

Mein Gott, er hatte den Kerl in den Tod geschickt.

Der Junge hatte sich zu einem steifen Nicken gezwungen und seine Worte wiederholt. „Ich schaffe es."

Als der Junge schließlich an der Reihe war, konnte Cole die gleiche Nervosität in seinen Augen sehen. Die Art von Unruhe, die ein Reiter nicht mit in die Arena nehmen durfte.

Einer der Betreuer an der Box hatte dem Jungen einen beruhigenden Blick zugeworfen, der sagte: *Keine Schande einen Rückzieher zu machen.* Aber die Menge hatte gejubelt, der Bulle hatte geschnaubt – alles war bereit für die acht Sekunden des Ruhms dieses Reiters.

Und aus welchem Grund auch immer, hatte der Junge zu Cole geschaut. Er hatte ihn mit Augen angesehen, die fragten: *Was zum Teufel soll ich tun?*

Cole hatte dem Jungen einen Daumen nach oben gezeigt, der sagte, *Du schaffst das.*

Er hätte genauso gut seinen Totenschein ausfüllen können, denn der Junge nickte, stieg auf und Sekunden später...

Er hatte gesehen, wie der Bulle sich drehte und den Reiter abwarf. Er hatte das Knacken gehört, als der Junge auf seinem Genick landete. A.J. war noch am Leben gewesen, als Cole ihn erreichte, nachdem der Bulle endlich vertrieben worden war. Immer noch keuchend, immer noch mit vor Panik weit aufgerissenen Augen. Und trotzdem völlig erschlafft.

„Das wird schon wieder", hatte Cole gelogen. Zweimal. Dann war er zurückgewichen und hatte die Sanitäter herangelassen. Denn die konnten doch gewiss ein Wunder bewirken, nicht wahr?

Er schüttelte den Kopf, als er den Bürgersteig hinunterstapfte. Kein Wunder. Kein glückliches Ende. Das Schlimmste war, dass ihm alle auf die Schulter geklopft hatten, als hätte er geholfen.

Nein, das Schlimmste war der Brief gewesen, den er ein paar Wochen später von der Mutter des Jungen empfangen hatte. Ein gottverdammter Dankesbrief, den er verbrannt hatte, obwohl sich die Worte bereits für immer in sein Gedächtnis eingebrannt hatten.

Vielen Dank, dass Sie alles getan haben, um meinem Sohn zu helfen...

Großer Gott. Wenn sie nur wüsste.

Er fummelte mit dem Schlüssel seines Fahrzeugs herum und starrte auf sein eigenes hageres Spiegelbild im Fenster. Welch ein verdammter Held er doch war.

Schritte eilten hinter ihm heran, aber er griff nach der Tür, ohne sich umzudrehen.

„Cole.“

Zum ersten Mal seit Wochen ließ Jannas Stimme nicht alles in ihm zu Brei werden.

„Cole!“

Er blieb regungslos stehen und umklammerte den Türgriff so fest, dass seine Fingerknöchel weiß wurden.

Als sie ihm auf den Rücken klopfte, wollte ein Teil von ihm ihrer sanften Berührung nachgeben. Aber er konnte nicht. Wollte nicht. Sollte es nicht.

„Kommst du zurecht?“, fragte sie. Ganz sanft, als könnte er zerbrechen.

„Sicher“, sagte er durch zusammengepresste Lippen. Und er kam zurecht. Es war A.J., dem es nicht gut ging.

„Ich meine…“

„Alles in Ordnung“, bellte er und kratzte sich wütend am Arm.

Janna folgte der Geste mit den Augen und zog die Stirn in Falten. „Bist du verletzt?“

Er schüttelte den Kopf. Sein Arm tat nicht wirklich weh. Das Kratzen dieses Juckreizes war ihm zur Gewohnheit geworden, das war alles.

„Cole…“ Sie drehte ihn um und schaute ihm in die Augen. Eine Sekunde lang versank er im tiefen Blau ihres Blicks. Aber dann keuchte sie leicht und riss ihre Augen weit auf. „Was ist los?“

Abgesehen von der Tatsache, dass er einen unschuldigen Mann in den Tod geschickt hatte?

„Bist du bei dem Kampf verletzt worden? Ich meine bei der Schlägerei im Saloon neulich?“

Er brauchte eine Sekunde, um seine Gedanken vom Bullenreiten zu dem Tag zu lenken, an dem er Janna aus einer misslichen Lage geholfen hatte und dabei gegen eine Wand geschleudert worden war.

„Ich bin schon schlimmer herumgeschleudert worden.“

„Ich meine einen Schnitt.“

„Nein." Er rieb sich den Arm und versuchte sofort, die Geste zu vertuschen.

Zu spät. Janna zog an seinem Arm und zerrte den Ärmel hoch.

„Es ist nichts, Janna." Er zog ihn zurück, hielt aber inne, als sie beim Anblick der rosa Schwellung nach Luft schnappte.

„Nein..."

Eine etwas übertriebene Reaktion wegen eines winzigen Kratzers, nicht wahr?

Sie schaute ihm erneut in die Augen und musterte ihn, als ob sie nach einem Zeichen suchte.

„Ist schon in Ordnung", beharrte er.

„Ist das an jenem Tag passiert?"

„Es ist in Ordnung. Es heilt nur ein wenig langsamer, das ist alles."

Selbst als er es aussprach, klang es wie eine Lüge.

Nicht nur ein Kratzer, warnte ihn eine raue, innere Stimme. *Es wird nie heilen...*

Er riss die Tür zu seinem Wagen auf.

Brauche sie. Brauche unsere Gefährtin, drängte die Stimme. Wieder und wieder, bis sie es nicht nur sagte oder nach ihr fragte, sondern forderte und ihn erneut mit dunklen Bildern durchflutete. Wie er Janna packte und ihren Hals entblößte. Wie er den Kiefer weit aufriss und in ihr Fleisch biss...

Meine! Gefährtin!

Er schüttelte das schreckliche Bild ab und schloss die Tür im Versuch, für ihre Sicherheit zu sorgen. Diese Stimme war böse. Er musste Janna davon fernhalten. Und das bedeutete, dass er sie von sich selbst fernhalten musste, um ihrer selbst willen.

„Ich muss los." Er steckte den Schlüssel ins Zündschloss.

„Warte, Cole!" Sie zog das rote Halstuch von ihrem Hals und band es ihm um. „Hier. Nimm das."

„Aber..." Er sagte nichts, aber er konnte sich auch nicht dazu durchringen, es wieder abzureißen.

Er schüttelte den Kopf. Mehr über sich selbst und die Stimme in seinem Inneren, die ebenfalls schrie, *Aber! Aber!* Es gab kein Aber. Wenn er noch eine Minute auf diese Stimme hören müsste, würde er Janna auf den Rücksitz des Pick-ups werfen, mit ihr an einen stillen Ort fahren und Gott weiß was mit ihr machen.

„Eine kleine Erinnerung an mich." Ihr besorgtes Lächeln war gezwungen.

„Ich muss los." Er ließ den Wagen an.

Er wollte nicht gehen, aber er konnte ganz sicher auch nicht bleiben. Also fuhr er los. Irgendwohin. Egal wo. Er starrte geradeaus, um das Bild der verzweifelten Janna im Seitenspiegel und seine eigene Reflexion im Rückspiegel nicht zu sehen. Er bog bei der erstbesten Gelegenheit nach links ab, um den Blickkontakt zu unterbrechen, und löste seinen verkrampften Griff um das Lenkrad nur, um mit der Hand auf das Armaturenbrett zu schlagen. Er fuhr viel zu schnell, dann wieder zu langsam, ohne Orientierung und Zeitgefühl. Er neigte den Kopf, um jeden Teil des Taghimmels nach einer Spur des Mondes abzusuchen. Er war nirgends zu sehen, aber er spürte, dass er dort draußen lauerte. Bereit, aufzutauchen und wieder mit ihm zu spielen. Allein der Gedanke daran ließ seine Haut kribbeln und seine Nerven zittern.

Instinktiv hielt er sich Jannas Halstuch an die Nase und atmete ein. Ihr Duft beruhigte ihn ein ganz klein wenig. Er schnupperte daran wie an einer Droge und fuhr noch ein Stückchen weiter. Tatsächlich eine ganze Weile weiter in einer Schleife durch die ganze verdammte Gegend, bis er schließlich auf dem Parkplatz vor Rosalinds Haus ankam. Er pirschte sich an die Scheune heran und ignorierte den Hund, der sich davonschlich und die Pferde, die mit den Hufen über den Boden scharrten.

Rosalind war auf der anderen Seite und führte ein paar Neuankömmlinge herum. Eine Urlauberfamilie war angekommen, um in der kleinen Einzimmerwohnung zu übernachten, die Ros vermietete. Er konnte es an ihrer Kleidung, der Kamera und dem Haufen Gepäck erkennen. Es waren ein Vater, eine Mutter und zwei lebhafte kleine Kinder. Normalerweise würde er hinübergehen und sich vorstellen. Aber verdammt. In dem Zustand, in dem er sich befand, würde er sie wahrscheinlich verschrecken.

Er stapfte zum Arbeitsschuppen, schnappte sich einen Hammer und eine Dose Nägel und machte sich daran, die kaputte Koppel auf der anderen Seite des Grundstücks auszubessern – auf der entfernten anderen Seite. Mit Metall auf Metall zu hämmern passte im Moment richtig gut zu seiner Stimmung. Aber selbst dieser Lärm konnte die Stimme in seinem Kopf nicht unterdrücken.

Ich muss meine Gefährtin haben! Unbedingt oder ich werde sterben!

Er schüttelte den Kopf so heftig, dass die Stimme verstummte. War es wahr? Und wie viel würde es ihm überhaupt ausmachen zu sterben? Er blickte auf und quer über das Tal zu den verlassenen Bahngleisen hinüber. Es brauchte nicht viel, um sich eine alte Lokomotive vorzustellen, die dort dahinraste und eine Dampfwolke ausstieß. Er stellte sich vor, wie er auf den Gleisen balancierte und zuschaute, wie sie frontal auf ihn zukam. Das Signal würde ertönen, die Schienen würden vibrieren, bis sie direkt über ihm wäre, und dann – *bumm!* Das Ende.

Eine Fliege schwirrte an seinem Ohr vorbei und er begann, wieder zu hämmern.

Kapitel 6

Janna zitterte den ganzen Weg zurück in den Saloon. Als sie nach der Kaffeekanne griff, um den Gästen eine neue Runde auszuschenken, machte sie solch klappernden Lärm, dass alle im Saloon aufschauten.

„Entschuldigung", murmelte sie und versuchte verzweifelt, sich nicht umzudrehen und Cole ein zweites Mal hinterherzulaufen.

Gefährte! Muss unserem Gefährten helfen! Ihre Wölfin krallte gegen die Tür ihres mentalen Käfigs, hinter dem sie sie eingesperrt hielt.

Sie knirschte mit den Zähnen. Cole brauchte etwas Zeit und sie ebenfalls. Sie hatte einen flüchtigen Blick in seine Augen geworfen, bevor er davongeeilt war, und in den graudunkelgrauen Gewitterwolken blitzte es jetzt. Das klassische Zeichen eines sich Verwandelnden, so hatte sie gehört.

Cole. Der sich verwandelte. In einen Wolf?

Mein! Gefährte!

Sie schloss die Augen und versuchte, alles zu verarbeiten. Es war nicht der Entzug vom Alkohol, der Cole in den letzten Wochen so launisch gemacht hatte – es war die Veränderung, die in seinem Körper vor sich ging. Langsam vielleicht, wegen der geringen Größe des Kratzers, jedoch unaufhaltsam. Und jetzt beschleunigte sich die Verwandlung.

Kein Wunder, dass ihre Wölfin plötzlich verrückt nach ihm geworden war. Solange Cole vollständig menschlich war, konnte das Schicksal ihren Gefährten noch tarnen. Aber jetzt, da er sich in einen Gestaltwandler verwandelte, hatte sich sein Geruch intensiviert. Verstärkt. Er war so intensiv, dass es jetzt keinen Zweifel mehr gab.

Er war der Richtige! Ihrer! Ihr Schicksalsgefährte!

Ihr Herz trommelte in ihrer Brust. So schnell und heftig, dass sie das Gefühl hatte, ihr Brustkorb könnte zerspringen. Sie klammerte sich an die Kante des Tresens und kämpfte gegen das überwältigende Gefühl des Schwindels an.

Wow, es passierte wirklich. Das Schicksal, das zwei Seelen zusammenbrachte. Für immer.

Ihr Herz überschlug sich, aber ihr Magen rumorte, als sie sich daran erinnerte, wie Cole neben seinem Pick-up Truck gestanden hatte. Sie war erschrocken, als sie sah, was er unbewusst getan hatte, als sie sich näherte – er hatte mit der Nase in der Luft geschnuppert und den Kopf nach links und rechts geschwenkt wie ein Wolf, der einer schwachen Fährte folgte. Als er ihrem Blick begegnete, leuchteten im Sturmgrau seiner Augen winzige grüne und braune Blitze auf. Ein verräterisches Zeichen für jemanden, der sich verwandelte – oder einen Mann, der langsam verrückt wurde.

Sie wollte seine Hand nehmen, zu ihrem Wagen rennen und weit, weit wegfahren.

Als würde das funktionieren. Als könnte man vor dem Schicksal davonlaufen.

Ihre Wölfin hob die Nase und stieß ein langes klagendes Heulen aus.

Menschen, die von Gestaltwandlern verwundet wurden, starben in der Regel einen langwierigen und schmerzhaften Tod. Nur eine winzige Minderheit überlebte und die meisten von ihnen wurden langsam verrückt. Nur der kleinste Teil schaffte es – wie Kyle Williams, der Twin Moon-Wolf, der als Polizist arbeitete. Er und Rick Rivera, Tina Hawthornes Gefährte, waren die einzigen beiden Überlebenden, von denen Janna wusste. Frauen, die von männlichen Gestaltwandlern gebissen wurden, hatten eine hohe Überlebensrate, weil ihre Körper die Veränderung nicht auf dieselbe Weise bekämpften. Aber Männer... Je stärker der Mann war, desto mehr Widerstand leistete sein Körper gegen die Veränderung. Umso mehr würde er dagegen kämpfen, bis er starb.

Und Cole... Ihr Blick fiel wieder auf das Rodeo, das noch immer im Fernsehen lief. Wenn jemand ein Kandidat dafür war, sich selbst in den Wahnsinn zu treiben, dann wäre es Cole. Ein Mann, der bereits viel zu viele schlimme Geister und Schuldgefühle mit sich herumtrug.

„Hi Janna", rief eine Stimme von der Tür.

Sie hob ihr Kinn und zwang sich zu einem Lächeln.

Stefanie, eine schlanke, langgliedrige Wölfin aus dem Twin Moon Rudel stand mit ihrem Gefährten Kyle an der Tür.

Janna starrte sie einen Moment lang an, denn Stef war selbst einmal ein Mensch gewesen, genau wie Kyle – ein weiterer Mensch, der die Verwandlung überlebt hatte. Sie kamen hereingeschlendert, als wäre es ein ganz normaler sonniger Tag im Norden Arizonas, und trugen eine Babyschale, in der ein winziges kleines Bündel schlief.

Janna schnappte sich ihr Getränketablett und eilte zu der Sitzecke an der Seite, in der sie Platz genommen hatten. Sie versuchte, eine Ruhe auszustrahlen, die sie nicht spürte. Gestaltwandler konnten die Fassade eines anderen durchschauen – und vor allem riechen –, also musste sie ihre Gefühle gut verbergen.

„Kann ich euch die Mittagskarte bringen?" Sie musterte Kyle aus dem Augenwinkel heraus.

Viele Frauen taten dies, weil der Mann so gut aussah. *Junge, sieht der toll aus*, hatte sie schon mehr als eine Frau seufzen hören, wenn der Gestaltwandler-Polizist im Saloon vorbeikam. Und er kam oft vorbei, sowohl im als auch außerhalb des Dienstes als Staatspolizist. Aber jederzeit im Dienst als führendes Mitglied des Twin Moon Rudels. Das Rudel hatte den Saloon an die Voss-Brüder verpachtet und wollte verdammt sichergehen, dass er sich nicht zu einem Magneten für Gestaltwandler der falschen Art entwickelte.

Kyles Blick war fest auf Stef gerichtet. Seine Hand umklammerte ihre und die Liebe, die zwischen den beiden pulsierte, hätte genauso gut ein glühendes Neonlicht sein können.

„Nur ein Stück Kuchen für mich." Stef lächelte.

„Und für dich?", fragte Janna und warf einen flüchtigen Blick auf den offenen Kragen von Kyles Hemd, wo der rote Rand einer seiner Narben knapp zu sehen war.

Als Mensch war Kyle von einem abtrünnigen Gestaltwandler zerfleischt worden. Das war Jahre her, aber Janna hatte die Geschichten darüber gehört, wie heftig sein Körper gegen die Veränderung angekämpft hatte, und wie nahe er dem Tod gekommen war. Aber Kyle hatte sein glückliches Ende gefunden. Er hatte seinen Platz im Rudel gefunden, seine Gefährtin getroffen und sich im wahrsten Sinne des Wortes mit ihr niedergelassen.

Wenn er es geschafft hatte, konnte Cole es auch schaffen, oder?

Janna hielt den Atem an und hoffte, dass sich eine Stimme aus der Wüste erheben und eine bejahende Antwort flüstern würde.

Kyle war dem Tode nahe gewesen, weil seine Verletzungen so schwer waren und die Verwandlung ihn so plötzlich überkommen hatte. Im Gegensatz zu Coles langsamer Veränderung, nicht wahr?

Nicht wahr? wollte sie schreien, um die ersehnte Antwort heraufzubeschwören. *Nicht wahr?*

Sie spitzte die Ohren, aber sie hörte keinen Pieps.

„Nur Kaffee für mich", sagte Kyle.

„Nichts für das Baby?" Janna brachte einen schwachen Scherz zustande.

Die beiden Gestaltwandler wandten sich mit dem glücklichen Grinsen stolzer Eltern der Babytrage zu.

„Ich glaube, er ist zufrieden", sagte Stef.

Er ist perfekt, sagten Kyles stolze Daddy-Augen.

Janna stieß einen riesigen, inneren Seufzer aus und wandte sich der Küche zu. Kyle war der lebendige Beweis dafür, dass ein Mann die Veränderung überleben konnte. Auch Tinas Gefährte Rick hatte sie überlebt. Zwei gute Beispiele dafür, dass sie keine Angst um Cole zu haben brauchte.

Sie überlegte angestrengt, ob ihr noch andere einfielen, scheiterte jedoch. Alles, was ihr einfiel, war ein Dutzend hässlicher Gegenbeispiele. Also verdammt. Was sollte sie tun?

Sie schaute durch das Servierfenster von der Küche in den Saloon.

Theoretisch musste sie die Wölfe informieren, die für diesen Teil von Arizona zuständig waren, wenn es um Gestaltwandler-Angelegenheiten ging. Aber der Alphawolf des Twin Moon Rudels, Tyler Hawthorne, konnte ein geradezu furchterregender Mann sein.

Janna erwog, sich an Tylers Schwester Tina zu wenden, verwarf diesen Gedanken aber fast ebenso schnell wieder. Tina hatte eine Schwäche für flüchtige Gestaltwandler, aber der Saloon hatte dem Twin Moon Rudel schon zu viel Ärger eingebrockt. Ihre Geduld musste sich dem Ende zuneigen. Und da sie selbst einen menschlichen Gefährten hatte, musste sich Tina genauso vor den Blue Bloods in Acht nehmen wie Janna.

Nein, sie konnte es niemandem erzählen. Noch nicht.

Gefährte! Braucht uns! heulte ihre Wölfin innerlich.

Der Drang zu ihm zu eilen war körperlich, so als würde sich jeder Nerv in ihrem Körper anspannen. Noch eine Stunde ohne ihn und sie würde verrückt werden.

Sobald ihr das Wort in den Sinn kam, sackte sie in sich zusammen. Verrückt werden. Das Schicksal, das Cole erwartete, wenn sie nichts unternahm, um ihm zu helfen. Aber was? Es gab keine Anleitung, wie man einen sich verwandelnden Menschen durch die Veränderung begleiten konnte. Nichts außer Hoffnung und Glauben – zwei Dinge, die ihr seit ihrer Flucht aus Montana selbst fehlten.

Dieser Gedanke ließ ihre Verzweiflung zu Wut kippen. Sie war lange genug weggelaufen, aber sie hatte nicht genug gekämpft. Und jetzt reichte es ihr!

Genug! stimmte ihre Wölfin zu und fletschte die Zähne. *Kein Weglaufen mehr!*

Sie musste zu Cole gelangen. Sie musste mit ihm reden und versuchen, es ihm zu erklären. Der Vollmond war nur noch ein paar Nächte entfernt, also musste sie schnell handeln.

Aber sie konnte Cole nicht gleich zu Beginn ihrer Schicht hinterherlaufen und es würde sie umbringen zu warten. Dieses Problem musste zuerst gelöst werden.

Sie brachte Kaffee und Kuchen zu Kyle und Stef und eilte dann schnell zur Tür des Cafés nebenan. Dabei riss sie sich bereits die Schürze ab.

„Jess!", rief sie in das Café hinein. „Kannst du eine Weile für mich einspringen?"

Jess stieß ein unglückliches Geräusch aus. „Ich habe noch so viel zu tun..."

„Kyle und Stef sind mit ihrem Baby hier. Ihr süßes, bezauberndes..."

Jess kam durch die Tür und in den Saloon gestürmt. Sie grinste von einem Ohr zum anderen. „Baby? Warum hast du das nicht gleich gesagt?"

Janna trottete kopfschüttelnd zu ihrem Wagen. Problem eins war gelöst. Problem zwei...

Sie drückte die Schultern durch und beschleunigte ihr Tempo.

Kapitel 7

Cole verbrachte eine schweißtreibende Stunde mit der Reparatur des Zauns, wobei er abwechselnd hämmerte und an Jannas Halstuch schnüffelte. Das, kombiniert mit dem sauberen Kiefernduft, der dort begann, wo das Grundstück in den Wald überging, ließen ihn wieder ein wenig klarer werden.

Rosalind setzte die Kinder der Gäste auf ein Pony und führte sie im Kreis herum, während die Eltern Fotos machten. Aber er blieb sicherheitshalber auf Abstand. Er hielt auch seinen Kopf und den Blick gesenkt, damit sie wussten, dass sie ihn in Ruhe lassen sollten.

Aber dann fuhr ein Transporter auf die Koppel neben Rosalinds Grundstück und näherte sich langsam rückwärts dem Tor. Als menschliche Stimmen sich mit tierischem Gebrüll vermischten, das an seine Ohren drang, musste er einfach aufschauen.

Der Anhänger, den der Wagen gezogen hatte, klapperte und bebte unter dem scharfen Getrampel von Hufen. Etwas sehr Großes und sehr Widerspenstiges wollte unbedingt aus diesem Anhänger heraus.

„Muh!" Eins der kleinen Kinder, das gerade vom Ponyreiten kam, rannte zum Zaun hinüber. Der Klang seiner Stimme war unüberhörbar. „Muh!"

„Große Muh", sagte der Vater und schaute zu, wie drei Männer die Rampe des Anhängers hinunterließen.

Coles Ohren zuckten. Konnte er die Stimmen wirklich von so weit entfernt hören?

„Hmmf." Das war Rosalind, die die freien Koppeln gelegentlich an Viehhändler untervermietete. Sie sah nicht gerade erfreut über das aus, was sie dieses Mal abladen wollten.

„Hey! Hey!" Einer der Viehtreiber pfiff und schrie und der gescheckte Hintern eines riesigen Bullen erschien.

Er brüllte, wendete sich und schlug aus, während er einen Schritt vorwärts und zwei zurück machte. Es war einer dieser widerspenstigen Longhorn-Brahman-Mischlinge, die gern jeden Zentimeter des Weges kämpften. Die unerfahrenen Viehtreiber machten die Sache noch schlimmer, indem sie das Tier eher anstachelten, als es zu beruhigen.

Cole schüttelte den Kopf und schaute zu, wie die Männer das Tier mit einer Peitsche und Stöcken die Rampe hinuntertrieben. Kein Wunder, dass der Bulle so wütend war.

Mit einem Schnauben trabte das Tier die Rampe hinunter und trottete über die Koppel, wobei es bockte und nach einem unsichtbaren Feind trat.

Cole blinzelte in die Sonne und beobachtete das Tier unbewusst. Er studierte, wie der Bulle die Schultern senkte, bevor er die Hüfte nach oben schob, und wie er sich nach rechts drehte. Aus reiner Gewohnheit fing er an, das Muster des Tieres zu analysieren.

Dieser Bulle war riesig. Wütend. Wild. Wahrscheinlich ein Produkt übermäßig aggressiver Zucht, denn das große Geld verlangte nach immer größeren, gemeineren, wilderen Bullen, um die Reiter herauszufordern. Und die Züchter hatten Erfolg, denn der Prozentsatz der Reiter, denen ein Acht-Sekunden-Ritt gelang, war in den letzten Jahren drastisch gesunken. Einige Bullen waren schlichtweg unmöglich zu reiten und es würde Cole nicht überraschen, wenn dieser hier dazugehörte.

„Böser Bulle", sagte Rosalind zu dem kleinen Jungen mit dem roten T-Shirt und der braunen Latzhose. „Halte dich davon fern."

Cole starrte lange auf den Zaunpfahl vor ihm. Er hatte sich allerdings ferngehalten. Er hatte sich praktisch von allem ferngehalten, was mit Rindern zu tun hatte, obwohl es ihm im Blut lag. Er war auf einer Ranch aufgewachsen, hatte als Bullenkämpfer auf einer Ranch angefangen und sein ganzes Leben damit verbracht, das zu tun, was er am liebsten tat, bis...

Bis letztes Jahr.

Er warf einen Blick auf den Bullen, der in der hinteren Ecke des Geheges schnaufte und schnaubte und stellte sich seine großen, rotumrandeten Augen aus der Nähe vor.

Bullen jagten ihm keine Angst ein. Das Schicksal tat es, wenn es wie aus dem Nichts auftauchte, um ein Leben zu nehmen und die Seele eines anderen in den Abgrund zu stürzen.

Alle sagten, es sei das Beste, nach einem Sturz wieder in den Sattel zu springen, aber dazu war er noch nicht gekommen. Er bezweifelte, dass er es jemals tun würde. Denn was wäre, wenn seine Taten zu einem weiteren sinnlosen Tod führen würden?

Etwas in der Brise verspottete ihn. *Vielleicht hast du nur Angst.*

Er verzog das Gesicht und hämmerte weiter. Für jeden Treffer verfehlte er den Nagel zweimal und fluchte jedes Mal.

Die Staubwolke eines sich nähernden Fahrzeugs kam die lange Auffahrt hinunter und er fragte sich, wer jetzt ankommen würde.

Meine! Gefährtin!

Er sprang auf die Beine, als er den verbeulten kleinen Mitsubishi erkannte, auf den Janna so stolz war.

Janna! sang seine Seele, als sie anhielt.

Ein Teil von ihm wollte sofort zu ihr rennen und sie in seine Arme schließen. Der andere Teil wollte am liebsten weglaufen. Was, wenn diese innere Stimme wieder außer Kontrolle geriet? Was, wenn er zu weit gehen und ihr eines Tages wehtun würde?

Ich würde meiner Gefährtin niemals wehtun, knurrte die Stimme zurück.

Sie stieg aus dem Auto und sah sich kurz um, bevor sie sich genau in seine Richtung umdrehte. Es war, als hätte sie ihn gespürt, so wie er sie gespürt hatte, als sie die Auffahrt hinuntergekommen war. Sie war etwa einen halben Kilometer entfernt, aber trotzdem sickerte das Gefühl, barfuß auf einer Bergwiese zu stehen, langsam wieder in seine Seele.

Sie war hergekommen, um ihn zu sehen! Sein Herz trommelte in seiner Brust. Sie wollte ihn. Vielleicht brauchte sie ihn sogar, so wie er sie brauchte.

Rosalind hatte einmal eine schicke Araberstute mit langer, glänzender Mähne für eine Woche im Stall aufgenommen. Die

Art, wie sie über die Koppel getänzelt war, hatte alle anderen Pferde verblassen lassen. So wirkte auch Janna, als sie über den Hof ging. Es war egal, dass es Staub, heruntergekommene Autos und abplatzende Farbe an der Scheune gab. Sie stand über alledem und glänzte wie ein Juwel zwischen Kieselsteinen. Sie verlieh dem ganzen Ort mehr Klasse, nur, weil sie anwesend war. Genauso wie es im Saloon der Fall war. Aber gleichzeitig passte sie hierher, wie eine Prinzessin, die bei der Geburt mit einem Cowgirl verwechselt worden und dann auf einer Ranch aufgewachsen war.

Er amüsierte sich mit solch dummen Gedanken, als sie auf ihn zukam. Es war ein weiter Weg und das war ihm ganz recht, denn so konnte er den Moment länger genießen. Ihr Lächeln, ihren federnden Schritt, ihren leichten, fließenden Gang.

Hallöchen, Janna, würde er sagen, wenn sie näherkam, und er würde versuchen, cool zu wirken.

Hallöchen Cole. Sie würde lächeln und ihr Kinn vielleicht sogar zu einem Kuss heben.

Aber sie kamen nicht dazu, irgendetwas zu sagen, denn als Janna noch immer zweihundert Meter entfernt war, kreischte plötzlich eine andere Stimme los.

„Johnny! Nein!"

Sie wirbelten beide zur Viehkoppel herum, wo jemand rannte. Er zeigte auf etwas. Und brüllte.

„Halt! Oh mein Gott, Stopp!"

Eine zweite Person kletterte auf den Lattenzaun und schrie ebenfalls. „Johnny! Johnny!"

Cole brauchte wertvolle Sekunden, um die Stelle anzupeilen, auf die sie alle zeigten. Ein kleiner roter Fleck im Schmutz des Geheges. Ein kleines Kind.

„Johnny!", schrie eine Frau, aber das Kind rannte einfach weiter. Weitere Stimmen gesellten sich zu den ersten und ein Hund fing an zu bellen.

„Muh!", rief das Kind vergnügt. Nur ein kleiner Junge in Latzhose, der sich einen Spaß daraus machte, seine Eltern zu überlisten, die ihm hektisch zuwinkten, während er einfach weiterlief.

Der Bulle in der hinteren Ecke der Koppel spitzte die Ohren. Seine Nüstern blähten sich auf. Er scharrte mit einem riesigen Huf über den Boden und seine weißgeränderten Augen richteten sich auf das Kind. Cole gefror das Blut in den Adern.

Oh, Scheiße.

„Halt!“ Janna stürmte auf die Koppel, als sich sonst niemand traute, und jagte dem Kind hinterher. Sie hatte ihr Haar zu einem Pferdeschwanz gebunden, der hinter ihr im Wind peitschte, als sie mit Vollgas losrannte.

„Großer Gott.“ Cole stürmte auf den Zaun zu. Er kletterte über die drei Sprossen, schwang sich über das obere Geländer und sprang auf die Koppel. „Janna!“

Aber Janna blieb nicht stehen. Nicht einmal, als der Bulle schnaubte und seine gewaltigen Hörner in ihre Richtung herumschwang.

Cole sprang auf den Boden und sprintete los. Er versuchte, Janna, den Jungen und den Bullen abzufangen, alles gleichzeitig. Der Bulle brüllte und raste direkt auf das Kind zu, das wie ein Reh mitten auf dem Highway erstarrte und ihn mit großen Augen ansah. Ein Reh, das im Begriff war, auf die hässlichste Art und Weise von einem Sattelschlepper überfahren zu werden.

Von überall ertönten Stimmen, aber Cole konnte nur die Szene vor sich sehen. Er sah den Bullen, der den Abstand auf sein Ziel verringerte. Er sah Janna, die sich dem Kind näherte. Sie griff nach dem Jungen, ohne auf ihren flinken Füßen langsamer zu werden, und rannte direkt auf den Zaun der anderen Seite zu.

Der Bulle neigte sich nach links und änderte seinen Kurs, um sie abzufangen.

„Oh mein Gott! Oh mein Gott!“, schrie ein nicht gerade hilfreicher Schaulustiger.

Cole beschleunigte das Tempo und war zu sehr mit dem Laufen beschäftigt, um einen Laut von sich zu geben. Hätte er einen Atemzug übriggehabt, hätte er ihn dafür benutzt, um eine Reihe von Flüchen auszustoßen, die bis über die Staatsgrenze hinaus zu hören wären.

Pip, der Hund, rannte direkt auf den Bullen zu, der seinen Kopf senkte und zur Seite ausschlug, wobei er den Köter nur um Zentimeter verfehlte. Der Bulle machte jedoch kaum Halt. Er war immer noch auf Janna und das heulende Kind in ihren Armen fixiert.

„Schneller!", rief jemand, als wäre Janna das nicht vielleicht auch selbst eingefallen.

„Janna!", schrie Cole. Zwei verdammte Silben, während in seinem Kopf eine ganze Reihe von Anweisungen herumschwirrte, die er niemals rechtzeitig herausbekommen würde. *Dreh dich in meine Richtung. Hier drüben zu deiner Rechten. Schräg zur Seite und dann lauf um dein Leben.*

Aber ihr Name war alles, was er herausbekam. Für mehr als das und ein Stoßgebet blieb ihm keine Zeit. „Janna!"

Sie lief weiter und bog dann abrupt nach rechts – genauso, wie er es sich vorgestellt hatte. Sein Herz setzte einen Schlag aus und schlug dann weiter. Er war jetzt näher dran, aber der Bulle kam ebenfalls näher. Er riss sich das Halstuch vom Hals und wickelte ein Ende davon um seine Faust. Dann wedelte er damit durch die Luft, raste mit Vollgas weiter und zischte den Bullen an.

Hierher, du Arschloch. Hier drüben.

Janna sprintete weiter und folgte genau dem Pfad, den er für sie vorgezeichnet hätte, hätte er die Zeit gehabt. Als hätten sie alles im Voraus auf einer Kreidetafel oder in einem geheimen Handbuch festgehalten.

Innerlich feuerte er Janna an. Äußerlich zischte er weiter und schnippte mit dem Halstuch nach dem Bullen.

Zwei dunkle Augen und die Spitzen von zwei sehr scharfen Hörnern schwenkten in seine Richtung herum. Der Bulle schnaubte. Er hätte genauso gut seine Hufe aneinanderreiben und kichern können: *Sieh an, sieh an, wen haben wir denn hier?*

Cole blieb stehen und starrte dem Bullen direkt in die Augen, um ihn herauszufordern.

Hier drüben musst du angreifen. Er pfiff auf eine Weise, die selbst der dümmste Bulle verstehen würde. *Komm und fang mich.*

Der Bulle schnappte, senkte seine Hörner und raste los.

Ein kurzes Hochgefühl durchströmte seine Adern und fast hätte er seine Faust in die Luft gerissen. Er hatte die Bestie von Janna und dem Kind abgelenkt!

Aber die eiskalte Wahrheit traf ihn eine Sekunde später. Tausend Kilo schwerer, wütender Bulle sprinteten direkt auf ihn zu und wollten ihn töten.

Es war genau die Situation, in die er sich schon tausende Male freiwillig begeben hatte. Damals, als er noch den Job ausübte, den er liebte. Die Geschwindigkeit, der Nervenkitzel, das sekundengenaue Timing. Ein geistiger Schlagabtausch, Mann gegen Biest. Er konnte müde Reitpferde im Schlaf satteln. Aber diese Art von Alles oder Nichts-Duell...

Nichts kam dem nahe. Gar nichts.

Er balancierte auf den Fußballen, wedelte mit dem Halstuch so weit wie möglich von seinem Körper entfernt und zählte die Zentimeter zwischen sich selbst und dem Koloss. Wenn er seine Bullenkampfkameraden zu Hilfe hätte, wäre das Ganze nicht halb so selbstmörderisch. Einen Bullen zu reizen, war nicht so verrückt, wie die Leute dachten, wenn man mit einem guten Team arbeitete. Und er, Frank und George waren das beste Team gewesen. Sie würden ein Dreieck bilden und den Bullen abwechselnd von dem Mann weglocken, dem die Hörner gerade am nächsten waren. Sie wussten genau, wann sie eingreifen und wann sie sich verdammt nochmal aus dem Staub machen mussten.

Ein Team gab einem den Vorteil, den man brauchte. Ein Team gab einem eine Chance.

Was bedeutete, dass er am Arsch war. So richtig am Arsch. Er war allein. Ein einzelnes Ziel für einen einzelnen, wütenden Bullen. Kein Dreieck. Keine Polster und keine Panzerweste. Und keine Verstärkung, abgesehen von Rosalinds hysterischem Köter, der dem Bullen wie wild hinterherkläffte.

Der Bulle donnerte weiter und Cole streckte die Hand aus, als wollte er ihn fangen. Er drehte sich in letzter Sekunde und verfehlte die Hörner nur um Haaresbreite. Er wich nach links aus, bevor der Bulle ihn plattmachen konnte, und machte sich aus dem Staub, während der Schwung des Tieres es noch weitertrug.

Das gab ihm eine halbe Sekunde Zeit, um nach einem Ausweg aus diesem Schlamassel zu suchen. Kein vernünftiger Bullenkämpfer würde sich jemals in einer solchen Situation befinden – nämlich mitten auf einer offenen Koppel und meilenweit vom nächsten Zaun entfernt, über den er springen könnte. Ohne Falle, in die er den Bullen locken konnte, und ohne reitende Unterstützung. Niemand da, auf den er zählen konnte, außer auf sich selbst. Auf der linken Seite entdeckte er Janna, die sich dem Zaun und der Sicherheit näherte. Gott sei Dank dafür.

Der Bulle brüllte und machte sich für einen zweiten Angriff bereit. Ein Bulle, der nicht gern verlor, so wie es aussah.

Cole wich zur Seite aus. Langsam, denn es ging nicht darum, das Tier zu überholen. Es ging um perfektes Timing. Er machte sich dieses Mal nicht die Mühe mit dem Halstuch, denn der Bulle würde diesen Trick durchschauen.

„Genau hierher, Mister." Er konnte das Weiße in den Augen des Bullen sehen und das rosa Beben seiner Nüstern. „Genau hierher."

Der Boden dröhnte, als der Bulle näherkam. Cole verlagerte sein Gewicht auf seinen rechten Fuß und streckte die Arme aus. Einen so schweren Bullen abzuwehren, würde niemals funktionieren, aber er würde ein Gefühl für seine Stärke bekommen und das würde helfen, sich auf ihn einzustellen.

Der Bulle grunzte, senkte seine Hörner und zielte auf Coles Füße. Er pflügte praktisch eine Linie durch den Dreck und wirbelte Staub auf, als er genau den richtigen Moment wählte, um den Kopf hochzureißen.

Cole war um ein Haar schneller. Er drehte sich schnell genug weg, um nicht aufgespießt zu werden, aber nicht schnell genug, um ganz zu entkommen. Der Bulle schlug ihm mit der flachen Stirn auf den Hintern und hob ihn in die Luft.

Flugstunde. Cole breitete seine Arme aus und versuchte, seinen Flug zu kontrollieren. Er hatte das Gefühl, in Raum und Zeit zu schweben, und schaute zu, wie beides langsam an ihm vorbeizog. Er behielt die Füße unter sich, denn eine schlechte Landung würde den sicheren Tod bedeuten.

Großer Gott. Das war nicht nur eine kleine Flugstunde, sondern ein ganzer *Rundflug*, der ihm viel Zeit zum Nachdenken gab. Über das Leben, über den Tod. Über den Bullen, der darauf wartete, ihn zu erledigen.

Der Boden kam näher... und näher...

Alle Luft wurde aus seiner Lunge gepresst, als er auf dem Boden aufschlug, bevor er weiterrannte. Er schnaubte selbst wie ein Bulle, denn die Luft war voller Staub, der von vier riesigen Füßen aufgewirbelt worden war.

Er wich geradeso aus, als der Bulle erneut zum Angriff überging. Dieses Mal drehte sich das Tier auf der Stelle. Er stieß mit den Hörnern, zog vorbei und hob dann die Hüfte...

Cole konnte die Unterseite der gebogenen Hufe des Tieres sehen, die auf seinen Schädel zielten. Die Luft zischte über seinen Kopf hinweg, als er sich hinunterduckte. Er bückte sich mit dem ganzen Körper und zog den Kopf ein, denn die Hufe des Biestes sausten jetzt direkt über ihn hinweg. Die tausend Kilo schwere Bestie zielte mit einem gnadenlosen Tritt auf ihn, der Cole direkt von diesem Planeten ins Weltall schießen sollte.

Wusch!

Cole wich gerade noch rechtzeitig zurück, um zu sehen, wie der Huf des Bullen vor seinem Gesicht vorbeizog.

Heilige Scheiße. Der Bulle hatte ihn nur um ein Haar verfehlt. Um das dünnste Haar überhaupt.

Wuff, wuff, wuff, wuff, wuff! bellte Pip hysterisch und verschaffte ihm damit Zeit. Wenn er diesen Tag überlebte, würde er diesem Köter den größten verdammten Knochen besorgen, den ein Hund je gesehen hatte.

Eine Peitsche knallte durch die Luft und Cole zuckte zusammen, als sei ein weiterer Gegner aufgetaucht, der bereit war, ihm das Fell abzuziehen. Ein Blick nach oben zeigte Rosalind, die auf den Zaun geklettert war und wie eine betagte Version von Indiana Jones mit ihrer Lederpeitsche in die Richtung des Bullen schlug.

„Hey! Hey!", brüllte sie aus vollem Halse.

Cole sprintete in der Millisekunde, in der der Bulle innehielt, in Richtung Zaun. Er wagte es nicht, sich umzudrehen. Er sprintete einfach um sein Leben, so wie Janna und Rosalind es ihm zuriefen. Der Boden hinter ihm donnerte, als wäre ihm eine ganze Bisonherde auf den Fersen. Ein winziges Zischen ertönte – der Bulle riss hinter ihm die Hörner hoch, die auf seinen Rücken gerichtet waren.

Er sprang mit der Kraft aller Muskeln seines Körpers auf den Zaun zu. Er streckte die Arme aus und war den Hörnern des Biestes nur Zentimeter voraus.

Und *peng!* Er prallte gegen den oberen Querbalken, gerade als Rosalind die Peitsche knallen ließ, so dass der Bulle ein paar Zentimeter zurückwich, bevor er gegen den Zaun krachte.

„Mein Gott, Cole." Janna hatte die Augen riesig weit aufgerissen.

Ein Paar Hände packten ihn beim Hemd und zerrten ihn auf die sichere Seite des Zaunes. Die Leute fingen an, ihm auf den Rücken zu klopfen. Einige davon schienen zu sagen, *Was zum Teufel hast du dir dabei gedacht*, während andere *Gut gemacht* meinten.

„Verdammt gut gemacht", murmelte Rosalind.

Er hustete und nieste, bevor er sich mit den Händen an seinen Knien nach vorn beugte. Innerlich zitterte er fast.

„Oh mein Gott, oh mein Gott..." Die Mutter zerdrückte den Jungen fast an ihrer Brust, während Janna sie beruhigte.

„Alles ist gut. Es ist alles in Ordnung."

Cole saugte den Anblick dieser Mutter, die ihren Sohn wiegte, in sich auf. Sie weinte mit nervenaufreibender Angst und lächelte gleichzeitig. Und als sie aufblickte und die Dankbarkeit aus ihren Augen strömte, hielt Cole den Atem an. Diese Dankbarkeit war an ihn gerichtet.

Du hast ihn gerettet, sagte Jannas Blick. *Du hast eine Zukunft gerettet. Du hast das getan, Cole.*

Ihr stolzer Blick blieb auf ihm haften. Sie schien fest entschlossen, ihm diese Botschaft in seinen Dickschädel zu hämmern.

„Danke. Vielen Dank", sagte der Vater wieder und immer wieder.

Danke. Ein Wort, das ein Mann in seinem Leben schon tausendmal gehört hatte, aber nicht immer so emotionsgeladen und nicht immer aus den richtigen Gründen. Aber heute...

Cole warf den Kopf in den Nacken, schaute in den Himmel und schluckte ein paarmal. Er ließ alles noch einmal in seinem Kopf Revue passieren, blieb aber immer wieder an einer Stelle hängen. Der Anblick des Bullen, der direkt auf Janna zusteuerte.

Er griff nach ihrer Hand und zog sie von den hysterischen Stimmen weg. Weg von dem aufgedrehten Bullen, der immer noch nach einem Weg durch den Zaun suchte. Hinüber in den Schutz der Scheune, wo er ihr immer wieder mit den Händen über die Schultern strich.

„Geht es dir gut?" Er fragte sie tausend Mal und konnte seine Angst um sie einfach nicht abschütteln.

„Mir geht es gut. Cole, mir geht es gut."

Aber es schien keine Rolle zu spielen, wie oft sie das sagte. Er musste sich sicher sein. Er strich ihr das Haar glatt und berührte ihr Gesicht. Er nahm ihre kleineren und weicheren Hände in die seinen und prüfte auch sie, bis er sie in eine Umarmung schloss, aus der er sie so schnell nicht wieder loslassen würde.

„Es geht mir gut, Cole. Du bist derjenige, der fast aufgespießt wurde."

Er schüttelte den Kopf. Wusste sie denn nicht, wie wenig sein Leben im Gegensatz zu ihrem zählte?

„Du hättest getötet werden können", murmelte er.

„Glaub mir, ich bin schwer zu töten." Als sie sich von ihm löste, funkelten ihre Augen wie bei einem privaten Scherz. Aber andererseits funkelten Jannas Augen immer. Sie strich ihm mit der Hand über die Wange, bevor sie sich einer weiteren Ganzkörperumarmung hingab.

„Es geht mir gut, Cole."

Ihre Stimme klang gedämpft. Sie schlang ihre Hände um seine Taille und endlich verlangsamte sich sein Herzschlag ein wenig. Die Angst wich allmählich zurück und machte Platz für wärmere, ruhigere Dinge. Zum Beispiel dafür, wie gut ihr Haar roch. Wie gut es war, ihr Herz an seinem schlagen zu spüren. Wie perfekt sich ihr Körper an seinen schmiegte. Nicht zu klein, nicht zu groß. Genau richtig.

So gut, dass er sie, ehe er sich versah, bereits auf eine ganz andere Weise berührte. Er kuschelte sich an ihr Ohr. Ließ seine Hände über ihren Körper gleiten und zeichnete ihre perfekten Kurven nach, anstatt nach gebrochenen Knochen zu suchen.

Sie hob ihren Kopf und als sich ihre Lippen schließlich trafen, wusste er, dass dies erst der Anfang war. Sie krallte sich mit den Fingern an seinem Hemd fest und ihre Augen hatten diesen wilden Glanz, den sie manchmal bekamen.

„Cole", flüsterte sie mit heiserer Stimme.

Der Duft von Erregung erfüllte den Raum um sie herum und ausnahmsweise fragte er sich nicht, woher er wusste, was das war.

„Janna." Er hielt ihre Hand fester und zog sie die Treppe hinauf.

Kapitel 8

Janna kämpfte gegen ihre innere Wölfin, als sie die Treppe hinaufgingen.

Wir sind hier, um mit Cole zu reden, nicht um ihn zu vögeln!

Aber ihre Proteste waren halbherzig und ihre Wölfin wusste es.

Ich warte keine Sekunde länger, um mich mit meinem Gefährten zu vereinen, knurrte das Tier zurück.

Vereinen. Vögeln. Ficken. Welchen Begriff sie auch immer benutzte, die Gefahr war immer noch da. Mit Cole zu schlafen, war ein gefährliches Unterfangen, weil es seinen Wolf näher an die Oberfläche bringen würde. Aber es würde auch ihre Seelen einander näherbringen, was ihn retten könnte, wenn die Veränderung begann.

Ganz genau, stimmte ihre Wölfin zu. *Und außerdem...*

Janna klammerte sich fester an Coles Hemd, denn sie wusste genau, was *außerdem* bedeutete. Sie war begierig auf ihren Gefährten. Hungrig. Sie sehnte sich so sehr nach ihm, wie sie sich noch nie nach einem Mann gesehnt hatte.

„Janna", flüsterte er ihr ins Ohr.

Sie musste das kleine Fünkchen Kontrolle, das sie noch besaß, darauf verwenden, sicherzustellen, dass sich ihre Nägel nicht in Krallen verwandelten, und sie ihm nicht das Hemd vom Leib riss. Ihn auf der anderen Seite des Geländes bei der Arbeit am Zaun zu sehen, hatte sie erregt. Er strahlte eine so brodelnde, animalische Energie aus. Und als sie dann gesehen hatte, wie er sich mit dem Bullen anlegte, hatte das den Rest gegeben.

Ein guter Gefährte! Ein mutiger Mann, der beschützt, was ihm gehört! betonte ihre Wölfin.

Wäre sie bei klarem Verstand, hätte sie den Gedanken vielleicht mit einem Achselzucken abgetan, denn sie brauchte keinen Schutz von irgendwem. Sie konnte gut auf sich selbst aufpassen.

Abgesehen davon natürlich, dass Cole sie jetzt schon zweimal gerettet hatte.

Zeit für uns, ihn zu retten, sagte die Wölfin.

Sie ließ ihre Zunge mit seiner tanzen und erlaubte ihren Gliedern, der Anziehungskraft zu erliegen. Das Tier in ihm zu schmecken, ließ sie ihre Wölfin ein wenig strenger kontrollieren. Die Stimme, die sie zuvor nur leise gehört hatte, brüllte ihr nun ins Ohr und vertrieb ihre letzten Zweifel.

Dieser Mann ist dein Gefährte. Nimm ihn. Kümmere dich um ihn. Halte ihn.

Oh ja, und wie sie ihn halten würde. Sie würde ihre Beine um ihn schlingen und sich um ihn kümmern, wie sie sich noch nie um jemanden gekümmert hatte.

„Cole." Sie wollte seinen Namen sanft flüstern, aber das Wort kam gierig und heiser heraus.

Seine Augen blitzten vor Verlangen auf, bevor er ihre Lippen mit einem weiteren Kuss verschlang. Er schob seine Hand an ihren Rippen hinauf und streifte ihre Brust ganz sanft, so dass Flammen durch ihre Seele züngelten. Aber dann zog er sie weg und murmelte vor sich hin.

Sie konnte spüren, wie sein innerer Wolf um die Kontrolle kämpfte, obwohl er immer noch tief verborgen war. Dieser Kampf würde sich irgendwann zu einem ausgewachsenen Krieg ausweiten, aber im Moment schlug Cole ihn zurück. Was ihr Hoffnung gab. Wenn er jetzt das Gleichgewicht halten konnte, würde er vielleicht später, wenn der schlimmste Teil der Veränderung eintrat, bei klarem Verstand bleiben können.

Sie griff nach seiner Hand und hob sie wieder dorthin, wo er sie zuvor berührt hatte. Sie flüsterte: „Ich will, dass du mich berührst."

Ich will dich, fügte ihre Wölfin mit einem inneren Knurren hinzu.

Sein angespanntes Gesicht lockerte sich leicht und ihre Lippen trafen sich zu einem weiteren lustvollen Kuss.

Wie sie und Cole nicht übereinander stolperten, während sie die steile Treppe erklommen, konnte Janna nicht sagen. Aber irgendwie schafften sie es bis zum Treppenabsatz, wo sie aus dem gleißenden Sonnenlicht in den Schatten des überhängenden Daches traten. Ein Ort, an dem sie sich für eine Weile vor der harschen Wahrheit verstecken konnten.

Cole war derjenige, der die Tür aufstieß, aber Janna zog ihn ins Haus. Sie zerrte ihm das Hemd von den Schultern, sobald sie den geflochtenen Teppich hinter der Tür betraten, und machte sich dann sofort an seiner Hose zu schaffen.

„Janna...", warnte er.

„Ich will es." Sie lachte aus heiterem Himmel. „Es ist verrückt, wie sehr ich es will."

„Verrückt..." Er schüttelte stumm den Kopf und drückte sie dann mit dem Rücken an die Wand. „Verrückt genug, um einen Kerl wie mich zu wollen?" Er drückte jeden harten Zentimeter seines Körpers an ihren und hielt ihre Arme über dem Kopf fest.

Sie schlang ein Bein um seine Wade und streckte sich zu einem weiteren Kuss nach vorn.

„Dich zu begehren, ist das einzig Vernünftige an der ganzen Sache." Sie ging nicht weiter darauf ein, denn es zu erklären, war der schwierige Teil. Aber dazu konnten sie später noch kommen.

Viel später, stimmte ihre Wölfin zu.

Sie begann den Kuss, aber Cole riss die Kontrolle an sich und machte ihn ganz zu dem seinen. Er gab ihr einen Vorgeschmack auf die Art von Liebe, die er mit ihr machen würde. Hart. Schnell. Gierig, aber auch zärtlich, wie die Art vermuten ließ, mit der er seine Hände über ihre Brüste bewegte. Wie er langsamer wurde, um sie zu necken und damit zu spielen.

„Gehört diese Bluse zu deinen Lieblingsstücken?", murmelte er.

Atemlos schüttelte sie den Kopf.

„Gut." Er riss die Vorderseite auf und ließ die Knöpfe fliegen. Dann löste er sich gerade lange genug von ihr, um ihren

BH zu öffnen, bevor er wieder vorwärtsdrängte und sie erneut einklemmte.

Meine, sagten seine glänzenden Augen in der Sekunde, bevor er den Kopf senkte.

Mein, hätte sie fast gequietscht, aber er saugte bereits eine Brustwarze in seinen Mund und verwandelte den Ton in ein gedämpftes Stöhnen.

Mein, mein, mein! wollte sie immer wieder rufen, als er sie fester packte und dann lockerließ, um das Fleisch ihrer Brust in die Hand zu nehmen. Ihre viel zu kleine Brust in seiner viel zu kräftigen Hand und doch fühlte es sich genau richtig an. Oh so richtig.

Sie senkte ihre Hände zu seinem Kopf. Fuhr mit den Fingern durch sein Haar, so wie sie es in ihren Träumen schon so oft getan hatte. Gab hilflose, kleine Kätzchenlaute von sich, als er seine Finger spreizte und ihre Brustwarze gerade weit genug herausschauen ließ, damit er sie in den Mund nehmen und daran saugen konnte.

Dann griff er nach dem Knopf ihrer Jeans und behielt nur seinen Mund an ihrer Brust. Ein sehr fähiger, sehr talentierter Mund, den er von einer Seite zur anderen bewegte.

Sie ließ ihren Kopf gegen die Wand fallen und drückte ihm ihre Brüste entgegen. „So gut... "

„Gleich wird es noch besser", murmelte Cole aus dem Mundwinkel heraus.

Er zog ihr die Jeans und das Höschen gleichzeitig hinunter, befreite sie aus dem Gewirr und fiel vor ihr auf die Knie. Wie ein reumütiger Mann, der schon lange nicht mehr vor dem rechten Altar gebetet hatte.

„Janna... ", murmelte er, beugte sich vor und drückte ihre Beine auseinander.

Sie schwankte über ihm, als er ihre feuchten Schamlippen mit den Daumen spreizte und seine Zunge hineinschob.

Die miauenden Laute, die sie von sich gegeben hatte, wandelten sich jetzt zu lautstarkem Bordellgesang, und sie wünschte sich vage, sie hätten die Tür geschlossen. Aber eine geschlossene Tür würde die saubere Wüstenluft aussperren und das wäre nicht richtig. Nicht, wenn ihre Wölfin so nah unter der

Oberfläche lauerte. Nicht mit ihrem verstaubten Cowboy, der Teil der Natur zu sein schien. Ein winziger Hauch einer frischen Brise wehte herein und brachte tausend Düfte und Geräusche mit sich. Das Summen einer Biene um die Blumen auf der Fensterbank. Das leise Schnauben der Pferde in den Ställen unter ihnen.

„Cole... ja... ah... "

Jedes Mal, wenn sie versuchte, ihn wissen zu lassen, wie gut es sich anfühlte, tauchte Cole noch tiefer ein. Es raubte ihr die Worte, die in ihrem Hals gefangen blieben. Ihr Körper war ebenso nutzlos. Gut, dass er ihre Hüfte mit den Händen umklammerte.

Ehe sie sich versah, hatte Cole zwei Finger in sie geschoben, und der kombinierte Rhythmus seiner Zunge und des Eindringens trieben sie näher an den Rand des Abgrunds. Sie ließ den Kopf zur Seite fallen, als ihre Wölfin von einem Paarungsbiss träumte, und konnte ihre Schreie kaum zurückhalten, als er sie weiter... und höher...

„Großer Gott, Cole", heulte sie auf, als sich ein Muskel nach dem anderen zusammenzog. Wie ein totaler Zusammenbruch und er war noch lange nicht fertig mit ihr.

Irgendwie unterdrückte sie all die verzweifelten, animalischen Geräusche, die in ihr aufstiegen, bis sie mit einem tiefen, heiseren Stöhnen kam. Dann gaben ihre Knie nach und sie murmelte: „Cole. "

Wie auf Kommando rutschte er an ihrem Körper hinauf. Über ihren Venushügel, zwischen ihren Brüsten und an ihrem Hals hoch. Er stützte sein Kinn an ihre Schulter und hielt sie fest. Er streichelte ihr Haar, als wäre es die feinste exotischste Seide, und seine Brust hob sich mit einem Seufzer.

Sie hatte sich noch nie so wertgeschätzt gefühlt. So besonders. So... erfüllt.

„Cole... " Sie begegnete seinen Lippen mit einem Kuss. Ein Kuss, der nach Leidenschaft und Verlangen und... und... nach ihr schmeckte. Er schmeckte nach ihr und plötzlich war sie wieder Feuer und Flamme.

„Hast du ein Bett in dieser Absteige, Cowboy? Oder werden wir hier auf dem Boden vögeln?"

Eine Sekunde lang wirkte sein Blick wie die pure Gefahr, die jeden sehnsüchtigen Nerv in ihrem Körper in Wallungen brachte. Dann huschte ein freches Cowboygrinsen über sein Gesicht und er war wieder ganz der Charmeur.

„Die Dame hat die Wahl."

Sie lachte. „Und wenn ich beides sage?"

Er zog die Augenbrauen überrascht nach oben. Sie speicherte diesen Blick in ihrem Kopf und fügte ihn zu den schönsten Erinnerungen ihres Lebens hinzu: zu den prächtigsten Sonnenuntergängen, den ansteckendsten Lachen, den größten und herzlichsten Lächeln.

Er blinzelte ein wenig und grinste dann. „Wie Sie wünschen, Ma'am. Wie Sie wünschen."

Kapitel 9

Cole holte tief Luft, bevor Janna ihn zum Bett hinüberwinkte. Er versuchte, sich unter Kontrolle zu bringen. Denn er hatte sie sich gerade regelrecht geschnappt, um sie die Treppe hinaufzuzerren, und dann diese Nummer abgezogen, bei der er ihr die Bluse aufgerissen hatte. Es schockierte ihn. Seit wann schleppte er Frauen in sein Revier und riss ihnen die Kleider vom Leib?

Aber das war nur ein kleiner Teil des bevorstehenden Wahnsinns und er wollte sich gern darauf einlassen, solange Janna mit diesem Plan einverstanden war. Und Mann, schien sie an Bord zu sein.

Ich will, dass du mich berührst.

In dem Moment, als sie diese Worte ausgesprochen hatte, war er erledigt gewesen. Sie hatte den denkenden Teil seines Verstandes in Beschlag genommen und dem Instinkt die Oberhand gegeben. Und jetzt nahm der Instinkt sie mit ins Bett. Nicht auf den Fußboden, denn aus irgendeinem Grund erschien es ihm sehr, sehr wichtig, an den letzten Fünkchen eines zivilisierten Menschen festzuhalten, die es in ihm noch gab. Es war fast entscheidend, dass er diese unsichtbare Grenze nicht überschritt.

Also schob er Janna rückwärts zum Bett und senkte sie hinunter. Sie ließ sich bereitwillig fallen und streckte ihren langen, schlanken, nackten Körper unter seinen hungrigen Blicken aus. Sie vertraute ihm vollkommen. Was beängstigend war, da er sich nicht einmal selbst vertraute.

„Hey." Sie schlang einen Knöchel um seine Wade. „Zeit, diese Jeans loszuwerden."

„Ich dachte schon, du fragst nie."

„Ich habe nicht gefragt, Cowboy." Sie grinste, was seinen Ständer noch härter werden ließ.

Er streifte die Hose langsam ab und kämpfte gegen seine dunkelsten Triebe. Er versprach sich selbst, die Kontrolle über das zu behalten, was auch immer in ihm tobte und versuchte, ihm die Zügel aus der Hand zu reißen.

Nimm sie! Besitze sie! Mach sie zu der Unseren!

Fast hätte er die Stimme in seinem Hinterkopf angeknurrt. Das kommt überhaupt nicht infrage. Er würde Janna so lieben, wie er es wollte, und wie sie damit einverstanden war, und nicht anders.

Zeig es ihr! Nimm sie! Jetzt! Die Stimme wurde zu einem Brüllen, als sie ihre Augen beim Anblick seiner Erektion, die hervorsprang, weit aufriss. Seine Nasenlöcher bebten, als er den klebrig-süßen Duft ihres Verlangens wahrnahm. Dieser Duft versetzte ihn in denselben Taumel, den er erlebt hatte, als er sie gekostet hatte. Beim Sex ging es für ihn bisher eigentlich immer nur um Berührungen und Gefühle, aber plötzlich gehörten auch Geruchs- und Geschmackssinn dazu. Es hätte ihn vielleicht beunruhigt, wenn diese Empfindungen ihn nicht so wild gemacht hätten.

Als er sich in den Zwischenraum zwischen ihren Beinen hinuntersenkte, rutschte sie zurück und stützte sich mit den Fersen an der Bettkante ab, so dass sie sich ihm völlig entblößte. Er knurrte. Er knurrte wirklich, aber Janna schien das nicht zu stören.

Ich brauche dich auch, sagten ihre Augen. Augen, die weit aufgerissen und wild waren, aber auch ein wenig besorgt, als ob sie ein schreckliches Geheimnis verbargen, das er wirklich nicht wissen wollte.

Einen Moment lang stand er wie erstarrt da, unschlüssig, ob er auf die Knie sinken sollte, um sie noch einmal zu lecken, oder ob er sich über ihrem liegenden Körper erheben sollte, um seinen Schwanz an den Eingang ihrer weichen Scham zu schmiegen. Oder ob er sie umdrehen und es ihr auf allen vieren besorgen sollte, wie es die Stimme in seinem Hinterkopf immer wieder forderte.

Er schaute sie mit geneigtem Kopf an. *Die Dame hat die Wahl.*

Er sagte die Worte nicht laut, aber Janna schien genau zu wissen, was er meinte.

Und was, wenn ich alle drei sage? fragte ihr freches Grinsen.

Sie löste die Pattsituation einen Augenblick später auf, indem sie ihn zu einem Kuss hinunterzog. Zu einem tiefen, gierigen Kuss, aus dem sie sich kurz darauf mit einem kaum unterdrückten Keuchen löste.

„Gott, ich muss dich wirklich in mir spüren. Sofort, Cole."

Er grinste trotz des pochenden Schmerzes in seinem Schwanz.

„Weißt du, wie oft ich davon geträumt habe, dass du das zu mir sagst?"

Sie hob ihr Kinn und warf das Haar zurück. „Wirklich? Unanständige Träume? Cole Harper, ich hätte nicht gedacht, dass du so einer bist."

„Dann kennst du mich wohl nicht besonders gut."

„Nicht? Dann lass mich dich besser kennenlernen."

Gott, es machte Spaß, zum lockeren Geplänkel zurückzukehren, das sie am Anfang genossen hatten. Bevor seine Welt auf den Kopf gestellt und aus allen Fugen geraten war. Er fühlte sich endlich wieder ganz. Ausgeglichen. Vollständig.

Nun, fast vollständig.

Janna schlang ihre Beine um ihn und flüsterte: „Nimm mich."

Der Rest kam ohne nachzudenken. Er nahm ihren Mund mit einem quälenden Kuss in Besitz und drückte sein Gewicht so selbstverständlich auf sie, als hätten sie diese Position schon tausendmal eingenommen. Er schnappte sich ein Kondom vom Nachttisch, rollte es sich über und zog seinen brennenden Schwanz über ihren Bauch, ihre Schamlippen und schließlich–

„Cole", stöhnte sie, als er in sie stieß. Tief, tief hinein, mit einer harten gierigen Bewegung.

Er holte tief Luft und ließ sein Gesicht an ihre Schulter sinken, wo er eine stille Sekunde lang keuchte.

Ich werde dieser Frau nicht wehtun. Werde ihr nicht wehtun...

Es wurde zu einem Mantra, als er sich zurückzog und dann wieder nach vorn stieß, wobei er ihre engen, heißen Muskeln um ihn herum genoss.

„Ja...", murmelte sie verträumt, als er tiefer eindrang. „Ja..."

Der klebrig-süße Duft war an ihrem Hals am stärksten und er war wie berauscht davon. In kürzester Zeit fand er einen Rhythmus, den Janna mit eigenen kleinen Stößen beantwortete.

„Ja... Bitte..."

Sein stetiges Gleiten entwickelte sich zu einem fiebrigen Stoßen, aber Janna bohrte ihre Fersen in seinen Hintern und trieb ihn weiter an. Sie klammerte sich fest an das Kopfteil des Bettes und öffnete ihren Mund in stummen Schreien. Schweißperlen bildeten sich auf ihrer Haut. Sie neigte ihre Hüfte erst nach rechts, dann nach links und ließ ihn immer tiefer in ihre feuchte Weiblichkeit dringen. Sie spreizte ihre Beine weiter und kratzte mit den Fingernägeln über seinen Rücken.

Das sehnsüchtige, innere Ziehen auf Messers Schneide zwischen Lust und Schmerz wurde zur besten Art von Qual, die er jemals gespürt hatte. Er hob Jannas Knie auf seine Schultern und sie dabei aus dem Bett hoch, während er härter zustieß und ihren Namen stöhnte.

Sie warf den Kopf hin und her und überschwemmte ihn mit ihrem himmlischen Duft. Er schmiegte sich an ihren Hals. Alles in ihm schrie danach, sie zu beißen. Auch Jannas Körper schien danach zu verlangen, als sie ihm das weiche, sehnige Fleisch ihres Halses entgegenstreckte.

Eine Arterie pulsierte im Takt seiner Stöße und faszinierte ihn. Sie hypnotisierte ihn regelrecht. Unfähig zu widerstehen, griff er mit einer Hand an ihre Stirn, um ihren Kopf noch weiter nach hinten zu neigen.

Beiße sie! Nimm sie in Besitz! Mach sie zu der Meinen!

Versuchung. Instinkt. Begierde. Alles ineinander verschlungen und sie alle sangen dasselbe Lied.

Nimm sie! Besitze sie! Beiß zu!

„Cole", stöhnte Janna genau im selben Moment.

Er glitt mit der Hand an ihrem Hals entlang, schnupperte und fand genau die richtige Stelle.

Die richtige Stelle wofür? fragte sich ein entfernter Teil seines Gehirns.

Er hatte keine Ahnung, er wusste nur, dass er sie dort beißen musste. Dass sie wollte, dass er es tat.

„Ja...", murmelte Janna und grub ihre Fingernägel in seinen Rücken. „Ja..."

Er riss den Kiefer weit auf, beugte sich vor und kratzte mit den Zähnen über ihren Hals.

Gott, fühlte sich das gut an. Gott, er wollte mehr.

„Ja..." Janna keuchte so heftig, dass ihre Brust sich hob und senkte.

Er knabberte an ihrer Haut und zuckte zusammen, als dies einen Stromstoß durch seine Seele sandte. Wenn ein kleines Knabbern das bewirken konnte, dann wäre ein Biss doch noch besser, nicht wahr?

Beiße sie, stimmte die innere Stimme zu. *Beiße tief.*

Es war alles so träumerisch. So berauschend. So verlockend.

„Cole...", drängte Janna ihn weiter.

Sie war kurz davor, zu kommen, genau wie er, und er wollte nichts lieber, als seinen Schwanz bis zum Anschlag in ihr zu vergraben und gleichzeitig zuzubeißen.

Dann bellte Pip draußen und sie beide rissen ihre Köpfe in die Richtung der offenen Tür herum. Eine kurzzeitige Ablenkung, die ihn schlucken ließ.

Heilige Scheiße. Hatte er gerade darüber fantasiert, Jannas Hals zu zerfleischen?

Er sparte sich die innere Predigt für später auf und senkte sein Kinn in sicherer Entfernung von ihrem Hals. Er schloss die Augen und konzentrierte sich darauf, zu Ende zu bringen, was er angefangen hatte. Hinein und wieder hinaus zu gleiten. Tiefer und tiefer in sie zu dringen. Er ließ den Sturm der

Begierde in sich aufsteigen, während er sich immer weiter in Jannas himmlisches Reich vortastete.

„Janna", krächze er. Ein Muskel nach dem anderen versteifte sich in ihm, während er weiter stieß und seinen Höhepunkt so lange wie möglich auskostete.

„Cole", hauchte Janna und erschauderte genau zur gleichen Zeit.

Sein ganzer Körper zuckte, als er kam, und eine warme Welle überspülte ihn. Er hatte noch nie viel Zeit im Meer verbracht, aber er stellte sich vor, dass es sich so anfühlen würde, von der Brandung herumgewirbelt und ans Ufer gespült zu werden. Schließlich ließ er sich erschöpft und leer auf sie fallen. Er fühlte sich erfüllter als jemals zuvor. Erfüllt von Liebe. Von Zugehörigkeit. Von Hoffnung.

Er schloss die Augen und tat so, als wären die Gefühle, die sie in ihm auslöste, nicht beängstigend. Als er sie fest an seine Brust zog, lauschte er darauf, wie ihr Herz klopfte.

„Janna", flüsterte er und strich über ihr Haar. Er wiederholte ihren Namen immer wieder, um die schläfrige Stimme in seinem Kopf zu übertönen.

Meine, murmelte die tiefe Stimme. *Gefährtin.*

Kapitel 10

Janna schmiegte sich näher an Cole und schnurrte beinahe vor Zufriedenheit.

Wölfe schnurren nicht, summte das Tier in ihr.

Sie strich mit einem Finger über Coles Arm und zeichnete die Muskelstränge nach, die hierhin und dorthin verliefen.

Schnurren, Summen, was auch immer. Es fühlte sich gut an.

Wirklich gut, stimmte ihre Wölfin zu.

„Können wir den Fußboden-Sex verschieben?", murmelte sie.

Als Cole den Kopf hob, um sie anzusehen, spannten sich die Muskeln seines Bauches an. Die dunklen Wolken in seinen Augen hatten sich zu einem warmen, ruhigen Grau mit einem goldenen Schimmer an den Rändern gewandelt. Fast wie die Sonne, die kurz davor war, nach einem Wintersturm wieder durchzubrechen.

„Nicht gut?"

Sie kicherte. „*Zu* gut. Ich glaube, ich muss mir meine sündigen Vergnügen einteilen. Du weißt schon, wie Schokolade essen."

„Wie was?" Seinem Gesichtsausdruck zufolge hatte er mit dieser speziellen Sünde noch nie zu kämpfen gehabt.

Sie tätschelte seine Brust und stieß einen weiteren Seufzer aus. „Glaube mir, ich will es. Bald."

Ich will dich, mein Gefährte. Auch ihre Wölfin nickte zustimmend.

Seine Augen strahlten ein wenig heller und sie fragte sich, ob er spüren konnte, dass ihre Wölfin mit ihm sprach. Das wäre doch gut, nicht wahr? Vielleicht bedeutete es, dass ihre

Wölfin ihm helfen konnte, das Schlimmste der Veränderung zu überstehen, wenn die Zeit gekommen war.

Sie betrachtete das Sonnenlicht, das durch die offene Tür hereinfiel, als die Sonne sich weiter dem Horizont näherte. Sie hatten sich den ganzen Nachmittag lang geliebt und die Nacht war nun nur noch Stunden entfernt. Die Nacht und der fast volle Mond.

Janna öffnete ihren Mund und schloss ihn dann wieder. Sie suchte nach den richtigen Worten. Sie war hierhergekommen, um Cole von der Veränderung in ihm zu erzählen. Um es ihm schonend beizubringen, falls so etwas überhaupt möglich war. Und hier lag sie nun, um ihn geschlungen wie eine notgeile Python um einen Baum.

Aber er sah so friedlich und ruhig aus. Ruhiger als sie ihn seit Langem gesehen hatte, also brachte sie es nicht übers Herz, es ihm zu erzählen. Noch nicht.

Aber das würde sie. Sie würde es ihm ganz bestimmt bald sagen.

Ein kühler Wind flüsterte durch die Kiefern am nahen Berghang. *Nacht. Mond. Kommt bald.*

Sie unterdrückte einen Schauder, indem sie sich näher an ihn schmiegte und an seinen Hals kuschelte. Sie rieb sich lange und intensiv an ihm, bis sie die Angst und alle Sorgen verjagt hatte, zumindest für eine Weile. Und wow. Mit ihm zu schmusen, war ein fast ebenso großes Vergnügen wie Sex. Ihre Schwester und Simon taten es oft und sie hatte immer nur mit den Augen gerollt. Aber jetzt wusste sie, wie sie sich fühlten. Sie rieb sich an Coles Schulter und dann an seinen Hals und schwelgte in seinem reichhaltigen Duft. Ihre Wölfin gab dabei glückliche, fast grunzende Geräusche von sich und sie kicherte.

„Was?" Cole lachte.

„Das hier. Du. Ich." Sie schmiegte sich enger an ihn. „Wir."

„Wir", wiederholte er.

Wir, seufzte ihre Wölfin und genoss das Wort. *Endlich sind wir ein Wir.*

Sie stieß ihren nächsten Atemzug langsam aus, denn genau das war das Problem. Sie waren noch kein *Wir.* Bei Weitem noch nicht. Irgendwie musste sie ihn zuerst lebend durch diese

Veränderung führen. Sie musste ihm das Unmögliche erklären, dann Paarungsbisse austauschen und dann...

Es gab ungefähr tausend Dinge, die schiefgehen konnten, und einen Moment lang war sie verzweifelt. Aber dann verdrängte sie das Gefühl. Sie konnte den Moment jetzt genießen, weil sie wusste, dass es Coles innerem Wolf half, sich mit ihrem zu verbinden. Das war der Schlüssel.

Nun, es schien der Schlüssel zu sein. In Wahrheit wusste sie nur sehr wenig darüber, was einem Menschen helfen könnte, die Veränderung zu überleben. Als geborene Gestaltwandlerin aus einem Rudel, in dem sich nie jemand mit einem Menschen verpaart hatte, hatte sie tatsächlich keine Ahnung.

Also kuschelte sie sich weiter an ihn, denn das schien das Richtige zu sein.

Cole lachte leise. „Du bist ein Kuschel-Champion."

Wenn er nur wüsste.

„Und du bist ein Champion, wenn es um Bullen geht."

Ihr war das Herz in die Hose gerutscht, als sie gesehen hatte, wie er den Bullen an diesem Nachmittag abgelenkt hatte. Kaum war sie mit dem kleinen Jungen hinter die Sicherheit des Zaunes gesprungen, hatte sie sich umgedreht und nach Cole geschrien. Es war verrückt, wie mühelos er todesmutige Tricks vollführte, wie er direkt über die Hörner des Bullen sprang und sich dann unter seine Hinterbeine geduckt hatte, als dieser nach ihm trat. Cole ließ die Auseinandersetzung mit einem tausend Kilogramm schweren mörderischen Bullen wie ein Kinderspiel erscheinen. Die knappen Verfehlungen, die instinktiven Reaktionen, die besonnene Selbstbeherrschung. Sie hatte ihn in dieser Wiederholung im Fernsehen in Aktion gesehen, aber zu erleben, wie er einen Bullen im wirklichen Leben überlistete... Ihr Herz schlug schneller, wenn sie nur daran dachte.

Cole gab einen kleinen Laut von sich, der sagte, *Wenn du nur wüsstest.*

„Wie hast du mit dem Bullenkämpfen angefangen?", fragte sie ganz leise, denn sie wusste, dass sie sich auf dünnes Eis begab.

Cole schlang seine Arme um sie und kuschelte sich noch ein wenig länger an. So lange und so nachdenklich, dass sie sich fast für ihre Frage entschuldigt hätte. Aber schließlich antwortete er.

„Meine älteren Brüder waren Bullenreiter. Nun ja, sie haben zu Anfang Kälber geritten." Er gluckste leise und es klang nicht einmal gezwungen. „Sie haben mich gezwungen, ihnen zu helfen. Wir haben unsere eigenen kleinen Rodeos veranstaltet..."

Seine Stimme hatte etwas Verträumtes an sich, als er an die Vergangenheit dachte, und sie lächelte. „Meine Schwester und ich haben uns als Kinder immer verkleidet." Sie hatten auch den Mond angeheult und Hasenfangen gespielt, aber das wollte sie nicht erwähnen. „Ihr habt Rodeo gespielt." Sie schüttelte den Kopf. „Wie viele Brüder hast du?"

„Drei Brüder und zwei Schwestern. Eine von ihnen hat Krankenschwester gespielt. Die andere hat ebenfalls Bullen geritten."

Sie lachte. „Was hat eure Mutter von alledem gehalten?"

„Solange niemand weinend zu ihr kam, war es ihr mehr oder weniger egal. Glaube ich", fügte er als Nachsatz hinzu.

„Die arme Frau."

„Du hast ja keine Ahnung."

Mit ihrem Kopf auf seiner Brust konnte sie sein Lächeln zwar nicht sehen, aber sie spürte, wie es sich in ihm ausbreitete.

„Ich dachte immer, ich würde irgendwann auch Bullen reiten, aber ich bin immer beim Bullenkampf geblieben. Und es war auch gut..."

Er verstummte und sie konnte das unausgesprochene Wort praktisch hören: *Bis.*

„Wie bist du zum Kellnern gekommen?", platzte er heraus und wechselte krampfhaft das Thema. Es klang so lächerlich, dass sie beide lachen mussten.

„Nun, ich bin in einer Barkeeper-Familie aufgewachsen und sie haben sich von mir imaginäre Bestellungen bringen lassen..."

Cole lachte laut und das Einzige, was sie davon abhielt, sich ebenfalls kaputtzulachen, war die Freude am tiefen, satten

Klang seines Gelächters. Es war die Art von freiem, herzhaftem Lachen, von dem sie sich wünschte, sie könnte es immer hören.

Vielleicht können wir das ja, flüsterte ihre Wölfin und hoffte gegen alle Wahrscheinlichkeit.

Sie wälzte sich herum und legte sich auf Cole. Sie grinste dabei wie ein Idiot, bis draußen ein Pferd wieherte und ihr Bewusstsein in die reale Welt zurückriss.

Sag es ihm! drängte ein Teil von ihr. *Sag es ihm jetzt, solange er sich gut fühlt.*

Also gut. *Cole, ich bin eine Wolfsgestaltwandlerin und du verwandelst dich ebenfalls in einen.*

Als ob das funktionieren würde.

Du und ich, Baby, wir heulen zusammen den Mond an...

So sehr ihre Wölfin die Vorstellung auch liebte, wusste sie doch, dass dies nie funktionieren würde.

Seinem Wolf würde es aber gefallen, mischte sich das Tier in ihr ein.

Ja, Coles innerem Wolf würde es gefallen. Aber genau das war das Problem. Sie musste einen Weg finden, das Biest stückchenweise herauslassen, ohne dass es die Kontrolle an sich reißen konnte. Sie musste Coles menschlicher Seite beibringen, das Tier in sich zu akzeptieren und der Bestie gleichzeitig ihre Grenzen aufzuzeigen. Würde zu viel zu früh passieren, könnte der Wolf die Grenzen von Coles beiden Seiten sprengen. Buchstäblich.

Sie verbarg ihr Gesicht erneut an seinem Hals. Die Zeit wurde knapp. Die Veränderung in Cole beschleunigte sich. Sie hatte gespürt, wie er an ihrem Hals geschnüffelt hatte. Und als er sanft geknabbert hatte, hatte sie innerlich praktisch geschrien, *Ja! Ja! Ja!*

Zum Glück hatte sie es nicht laut gesagt. Ein Paarungsbiss würde Coles Wolf direkt an die Oberfläche zerren. Sie musste ihm helfen, es langsam anzugehen.

Aber verdammt. Wie langsam würde sie es wagen? Wenn das Biest schneller wäre als sie...

Sie schüttelte den Kopf. Das konnte sie nicht zulassen. Sie durfte Cole auf keinen Fall verlieren.

Er strich mit den Händen über ihren Rücken und sie versuchte, sich auf die menschliche Seite ihres Liebhabers zu konzentrieren. Auf diejenige, die noch immer das Sagen hatte... Zumindest hoffte sie das.

„Weißt du, was wir machen sollten?" Sein Ton war leicht und verspielt.

„Was?"

„Tanzen gehen."

„Tanzen?" Sie richtete sich auf und musterte sein Gesicht. War er verrückt? Sie musste ihn doch retten. Mit ihm reden. Ihm durch die Veränderung helfen. Tanzen war das Letzte, was sie tun sollten.

„Tanzen." Er nickte entschlossen. „So wie an jenem Abend."

Janna schmolz regelrecht dahin, wenn sie nur daran dachte. Der Abend ihres ersten Kusses. Eine wundervolle Nacht frei von Sorgen und Zweifeln. Eine, die sich Lichtjahre entfernt anfühlte.

Cole strich ihr mit einem Finger sanft über die Wange. „Tanzen. Du und ich."

Wir. Ihre Wölfin nickte eifrig.

Und verdammt. Vielleicht war es ja gar keine so verrückte Idee. Durch das Tanzen würde sich ihre Wölfin ein wenig mehr mit seinem Wolf verbinden und es würde außerdem Spaß machen. Sie könnten eine Weile tanzen und dann wieder hierher zurückkommen, wo sie ihm alles erzählen konnte, wenn er gut gelaunt und entspannt war.

„Tanzen." Sie nickte. „Gute Idee."

„Musst du heute Abend arbeiten?"

Sie seufzte. Sie sollte jetzt schon längst bei der Arbeit sein. „Ja."

„Nun, ich könnte dich erst im Saloon treffen... "

„Nein!" Sie unterbrach ihn zu scharf und machte sofort einen Rückzieher. „Ich meine, wie wäre es, wenn wir uns in Jay's Bar treffen?"

Sie konnte es wirklich nicht gebrauchen, dass Simon, Soren oder ihre Schwester herausfanden, was mit Cole passierte. Oder noch schlimmer, wenn einer der Rancharbeiter der Twin Moon

Ranch es herausfand. Sie würden ihn direkt zu ihrem Alpha schleppen und wer wusste, was sie dann machen würden. Sie hatte schon von Wölfen gehört, die sich verwandelnde Menschen töteten, wenn sie dachten, dass der Wahnsinn in ihnen ausbrach.

Das würde sie auf gar keinen Fall zulassen. Sie musste es allein schaffen. Cole brauchte sie – dessen war sie sich sicher. Sie und Zeit und Raum, um die Veränderung zu überstehen. Der Frieden in ihm kam aus der Nähe zu ihr, denn sie waren Schicksalsgefährten.

Mein Schicksalsgefährte, summte ihre Wölfin.

Er rieb mit seinem Finger an ihrem Schlüsselbein entlang und lächelte ein sündiges Lächeln.

„Was?"

„Du bist immer noch nackt, weißt du."

Sie lachte. „Ja, nun, du bist auch nackt."

„Wie praktisch", flüsterte er und der Klang zog ein paar sinnliche Kreise um ihr Ohr, bevor er tief in ihre Seele drang.

Sie umfasste sein Gesicht und küsste ihn lang, tief und langsam, bis ihr Lächeln einer ernsteren Miene wich. Einer sinnlicheren. Sie lag bereits auf seinem nackten Körper, so dass es nicht viel brauchte, um ihre Haut zum Kribbeln zu bringen. Hitze stieg in ihr auf und ihr ruhiger, entspannter Herzschlag beschleunigte sich.

„Versprich mir, dass du mich nicht abwirfst", murmelte sie und spreizte ihre Beine über ihm.

„Versprochen." Er schaute zu ihr auf, als wäre sie eine Göttin.

Als sie sich zurücklehnte und auf ihn hinabsank, schloss sie die Augenlider halb und behielt sie so. Langsam fing sie an, sich auf ihm zu bewegen. Als er nach unten griff, um ihre Klitoris zu reiben, begann sie wieder zu quietschen. Glückliche, kleine Quietschgeräusche, die das Feuer in seinen Augen zum Tanzen und Lodern brachten. Sie ritt ihn in langen, trägen Zügen ihres ganzen Körpers und er stemmte sich ihr im gleichen Rhythmus entgegen.

„So gut… " Sie beschleunigte das Tempo. Man könnte sagen, es war ein Trab, der schließlich zu einem wilden, unkontrollierten Galopp über Bodenwellen, Täler und Bäche wurde, und sie klammerte sich fest.

„Cole. . . "

Es war der Ritt ihres Lebens – und möglicherweise war es das auch für ihn, wenn sein fest zusammengepresster Kiefer etwas heißen sollte. Sein Griff an ihrer Hüfte könnte blaue Flecken hinterlassen, aber das machte ihr nichts aus. Nicht, wenn sie dadurch so fest an ihn gepresst wurde.

„Ja. . . " Ihre Muskeln zogen sich um ihn zusammen und sie erschauderte, als sie völlig außer Kontrolle geriet. Mit einem langen, heiseren Stöhnen entlud Cole sich in ihr. Heiß und klebrig und ganz sicher eine Sauerei, denn dieses Mal hatten sie nicht an ein Kondom gedacht. Aber das war ihr egal. Zumal sich ihre Verbindung so gut anfühlte. So richtig.

„Cole. . . " Sie klammerte sich fest an ihn, als könnte das Schicksal jeden Moment daherkommen und sie wegreißen.

„Janna. . . " Er schlang seine starken Arme um sie und hielt sich genauso an ihr fest.

Kapitel 11

Cole wusste, dass die Glückseligkeit dieses Nachmittags irgendwann enden musste, aber verdammt. Musste es schon so bald sein?

Zumindest hatte das Duschen zu den spaßigen Dingen gehört, die sie getan hatten, ebenso wie die Suche nach etwas, das Janna anziehen konnte.

„Probiere das hier." Er hatte ihr ein Hemd zugeworfen und verspürte einen lächerlichen Anflug von besitzergreifendem Stolz, als sie sein Hemd vorn zuknöpfte.

„Wie sehe ich aus?" Sie drehte sich von einer Seite zur anderen und führte es ihm vor.

Du siehst aus wie die Meine. Meine Frau. Meine Gefährtin.

Die innere Stimme klang der, mit der er laut sprach, ganz ähnlich: Heiser. Brummend. Gierig nach mehr.

„Gut. Großartig."

„Weißt du, was ich an dir mag?", fragte sie aus heiterem Himmel.

Ich weiß, was ich an dir mag, dachte er unwillkürlich.

„Was gibt es denn zu mögen?" Er versuchte, die Vorfreude aus seiner Stimme fernzuhalten.

Sie schüttelte nur den Kopf und zog ihn in eine weitere Umarmung. „Ich glaube, ich mag alles an dir. Vor allem, wie gut du in meine Arme passt." Sie strich mit den Fingern über seinen Rücken und flüsterte: „Ich wünschte, ich müsste nicht gehen."

Er umarmte sie ebenfalls und so fest, wie er sich traute. Gott, das wünschte er auch.

„Kommst du zurecht?" Sie zog sich zurück und kaute auf ihrer Lippe.

„Sicher“, sagte er und fragte sich, ob es eine Lüge war. Mit ihr zusammen zu sein, hatte ihm ein wundervolles Gefühl der Ausgeglichenheit gegeben. Aber sich zu verabschieden...

Er küsste sie und zog sich dann zurück, um es hinter sich zu bringen – was ihm aber nicht ganz gelang. Am Ende küsste er sie noch einmal. Und noch einmal, denn sie loszulassen, schien plötzlich eine ganz schlechte Idee zu sein. Sie drückte ihren Körper an seinen, wovon ihm ganz warm wurde. Er wurde auch hart, als wäre dies eine Begrüßung und nicht der Abschied, der es eigentlich sein sollte.

„Ich muss gehen“, flüsterte Janna und sah trauriger aus, als er sie je gesehen hatte.

Er hielt ihre beiden Arme fest und streichelte eine gute Minute lang über ihre Haut, um genug von ihrer Güte in sich aufzusaugen, um den Rest des Tages zu überstehen.

„Geht es dir gut?“ Sie neigte den Kopf.

„Gut.“ Wie sollte er sich auch anders fühlen, wenn er sie ansah?

„Jessica wartet bestimmt schon“, murmelte sie mehr zu sich selbst als zu ihm.

Ja, er war ein gieriger Mistkerl, weil er Janna ganz für sich allein haben wollte. Aber sie hatte einen Job, genau wie er auch, und es war an der Zeit, sie loszulassen.

Er zwang sich, sich von ihr zu lösen, und zog einen Finger nach dem anderen weg. Er versuchte, ein Grinsen zustande zu bringen. „Sehen wir uns bald?“

Sie nickte. Schnell und enthusiastisch. „Heute Abend?“

Janna hatte eine Art, diese Worte auszusprechen, die ihn auf die bestmögliche Weise erschaudern ließ.

„Heute Abend.“ Er nickte.

„In Jay's Bar“, sagte Janna und dann war sie weg. Jeder Schritt, mit dem sie sich von ihm entfernte, versetzte ihm einen Stich ins Herz, und er näherte sich ihrem Auto ein wenig.

Meine! Gefährtin!

„Bist du sicher, dass du zurechtkommst?“, rief sie, als wäre er ein Kind, das zum ersten Mal allein zu Hause gelassen wurde.

Es fühlte sich auch so an.

„Sicher." Er wiederholte es immer wieder, während sie sich entfernte. Er trat in den Dreck und musterte seine Stiefel eine Weile, bevor er den Kopf zurückwarf und in den reinen, blauen Himmel starrte, der von den ersten Rosatönen des Sonnenuntergangs durchzogen war. So schön wie Janna. Nun ja, fast. Sie war schöner, als jede Aussicht es sein könnte. Schöner als ganz Arizona und das hieß eine Menge. Schöner als–

Er trat wieder in den Dreck und seufzte. Ja, sie war unglaublich schön und perfekt. So perfekt für ihn.

„Entschuldigen Sie", rief eine unsichere Stimme.

Er drehte sich um und sah eine Frau, die er nicht erkannte. Sie kam mit einem Kind im Schlepptau auf ihn zu. „Wir wollten uns bei Ihnen bedanken."

Ach richtig – die Mutter des Kindes, das auf die Bullenkoppel gelaufen war. Der kleine Kerl stand an ihrer Seite und versteckte etwas hinter seinem Rücken, während sein Blick fest auf den Boden gerichtet blieb.

„Komm schon, Johnny!", sagte die Frau. „Gib es dem netten Mann."

Cole wusste nicht, ob es an ihm lag, dass der Junge Angst hatte, oder an der Situation an sich, aber es schien eine gute Idee zu sein, in die Hocke zu gehen.

„Hey", sagte er.

Der kleine Junge schaute zu seiner Mutter auf, die auf Cole zeigte. Schließlich streckte der Junge Cole ein Stück Papier entgegen.

Cole nahm es. „Was haben wir denn hier?"

„Ein Bild", flüsterte der Junge und zog seinen Fuß durch den Dreck.

Cole studierte das Durcheinander von Linien und Klecksen und pfiff. „Schönes Bild. Hast du das gemalt?"

Er hatte keine Ahnung, was unter den krummen Worten VIELEN DANK gekritzelt war, aber es schien das Richtige zu sein, dies zu sagen.

Der Junge nickte.

„Da ist der Bulle." Die Mutter zeigte darauf und fungierte als Kunstinterpretin.

Cole neigte den Kopf. Ja, diese U-Form könnte die Hörner sein.

„Großer Bulle", murmelte er.

„Und das dort sind Sie." Die Mutter zeigte auf ein wirklich großes Strichmännchen, das den Bullen klein wirken ließ.

„Wow. Ich bin auch groß."

Cole meinte es als Scherz, aber der Junge bewegte seinen Kopf mit ruckartigem Nicken. „Wirklich groß", hauchte er.

Cole verbarg ein Lächeln hinter seinem Handrücken.

„Und dort ist Johnny", schloss die Mutter.

Ein weiteres kleines Strichmännchen stand an der Seite neben ein paar schief lächelnden Gesichtern, die die Eltern sein mussten.

Cole räusperte sich ein paarmal, denn plötzlich war sein Hals ganz trocken und kratzte innerlich.

„Nun, vielen Dank." Er stand schnell auf. „Ich habe einen perfekten Platz, um das Bild aufzuhängen."

„Danke", sagte die Mutter. Ihre Stimme war leise, aber die Dankbarkeit in ihren Augen schrie geradezu laut. Dann nahm sie die Hand des kleinen Jungen und wandte sich wieder dem Haupthaus zu.

Cole stand noch eine Weile da, betrachtete den Staub auf der Straße und dann wieder das Bild. Er schloss die Augen und schaute auch eine Weile in seine Erinnerungen. Gute Erinnerungen. Schlechte. Alles was dazwischen lag. Dann holte er tief Luft und schaute auf. Er wünschte sich, Janna wäre in der Nähe, um all diese Dinge in Worte zu fassen. Und selbst wenn sie nichts sagte, hätte sie diesen *Ich verstehe dich*-Blick, von dem er sich wünschte, ihn jetzt sehen zu können.

Dann machte er sich auf den Weg zu den Ställen, denn ein Mann konnte nicht den ganzen Tag auf eine leere Straße starren. Zuerst brachte er das Bild in seine Wohnung – ein Ort, der sich jetzt doppelt so klein und viermal so leer anfühlte, weil Janna weg war – dann ging er in den Stall hinunter. Die Pferde warfen ihre Köpfe hin und her und nickten misstrauisch, aber schließlich beruhigten sie sich und ließen ihn arbeiten. Pip kam zu ihm und sah ebenfalls seltsam kleinlaut aus. Der Hund hielt seinen Schwanz zwischen den Beinen eingezogen und leckte Coles Hand, als hätte er eine Audienz beim Papst oder einem König.

Etwas in Cole stieß ein zufriedenes Grunzen aus. *Leithund. Ich. Der Boss.*

Was lächerlich war, denn alle Tiere wussten, dass Rosalind der Boss war. Und das war für ihn auch immer in Ordnung gewesen, solange er ihr dicht an zweiter Stelle folgte. Aber heute Abend... Etwas hatte sich verändert. Selbst Thunder, der jeden biss, der in seine Stallbox kam, versuchte keinen seiner üblichen Tricks.

Cole schaute sich in der Mitte der Scheune um und lehnte sich gegen die knarrende Tür. Die Sterne waren aufgegangen, einer nach dem anderen, und hingen funkelnd am indigoblauen Himmel. Die Grillen zirpten und warmes, gelbes Licht strahlte aus Rosalinds Haus und dem Gästehaus in der Nähe. Der Geruch von Eintopf lag in der trockenen Luft und er atmete tief ein.

Frieden. Güte. Harmonie. Er spürte es in den Hängen der Hügel und dem leisen Gemurmel der Tiere im Stall. Ein Glühwürmchen blitzte nicht weit von Coles Knie entfernt auf.

Ein schöner Abend. Ein guter Abend. Und es sollte noch mehr Gutes folgen, denn er war mit Janna verabredet. Er hatte reichlich Zeit, sich für sie zurechtzumachen, und er würde seine Sache gut machen, weil es ihm zur Abwechslung einmal wichtig war.

Er ging zurück in seine Wohnung und aß ein paar Reste aus dem Kühlschrank. Dann schaute er sich um und fluchte, denn verdammt, es herrschte ein einziges Chaos und Janna würde später wieder vorbeikommen. Also machte er sich daran, zu putzen. Eine ganze Stunde lang, denn er hatte die Zeit. Aber je sauberer die Wohnung wurde, desto unausgeglichener fühlte er sich.

Er duschte erneut und versuchte, das Gefühl wegzuschrubben, aber es wurde nur noch schlimmer. Sein Magen krampfte sich zusammen. Nicht wegen des Essens, sondern wegen des Gefühls in seinem Inneren. Er rasierte sich langsam und vorsichtig und tat so, als wäre alles in Ordnung.

Schließlich drehte er sich um und betrachtete seinen Rücken im Spiegel. Er suchte nach einer Erinnerung an Janna. Sie hatte ihm so oft über den Rücken gekratzt, dass sie ihm danach liebevoll darübergestrichen hatte, was er fast genauso sehr genossen hatte wie den Akt selbst, der die Kratzer verursachte.

Er drehte sich und reckte den Kopf über die Schulter. Kein einziger Kratzer zu sehen. Alles weg. Alles verheilt. So schnell? Eine Stunde, nachdem er sich rasiert hatte, fuhr er sich mit der Hand über das Kinn. Mist. Er hatte mehrere Stellen übersehen, also fing er noch einmal von vorne an. Er sollte sich wirklich ein besseres Licht besorgen, weil er immer wieder Stellen auszulassen schien. Das, oder die Stoppeln wuchsen so schnell wieder nach.

Sein Arm juckte – heftig – und seine Laune verschlechterte sich weiter. Konnte er nicht einmal einen halben Tag lang ohne dieses ständige Auf und Ab glücklich sein?

Er machte sich noch eine weitere Stunde lang in der Wohnung zu schaffen und wurde immer unruhiger. Schließlich stürmte er zur Tür und auf den Treppenabsatz hinaus, nur damit er ein wenig trampeln konnte. Er klammerte sich am Geländer fest und biss die Zähne zusammen. Seine Fingernägel schmerzten wieder mit diesem Gefühl, dass sie ihm herausgerissen würden.

Dann streckte er sein Kinn zum Nachthimmel hinauf und erstarrte.

Der Mond schien auf ihn herab wie ein Scheinwerfer und er hob eine Hand, um ihn zu verdecken.

„Gottverdammter Mond", fluchte er leise.

Zu fluchen fühlte sich besser an, als sich über nichts aufzuregen, also tat er es noch einmal. „Gottverdammter Mond."

Er riss eine Faust nach oben und wiederholte die Worte, bis er wie ein Verrückter vor sich hin brabbelte und der Klang undeutlich wurde. Am längsten hielt er das A von *verdammt* und das lange O in *Mond*. A Mond. Moooond. A... Oooonnd. A... Ooooo...

Ehe er sich versah, erhob sich ein Heulen in seinem Kopf. *Aroooooo.*

Ein gequälter, wütender Klang, dem sein Körper wie in einem Tanz folgen wollte.

Aroooooo...

Er stürzte ins Haus und schlug die Tür so fest zu, dass die Fensterscheiben klapperten. Dann ließ er sich aufs Bett fallen und schlug sich die Hände vor die Augen.

An Janna denken. An gute Dinge denken.

Er versuchte es, aber das Gute wurde immer wieder zu Schlechtem. Zum Beispiel, wie verzweifelt er ihr in den Hals beißen wollte. Welch kranker Geist dachte sich so etwas aus?

Gefährtin. Braucht uns. Will uns, sagte die düstere Stimme.

Er knirschte mit den Zähnen und beschwor das Bild von Janna herauf, die ihn ritt. Ihre festen, kleinen Brüste hatten mit dem Rest ihres Körpers geschwankt und ihr glänzendes Haar war ihr über ihre Schultern gefallen. Sie hatte sich mit einem heißen, gierigen Blick über ihn gebeugt und ihr Haar hatte seine Haut gekitzelt. So glänzend und seidig, dass er seine Hand jetzt ins Leere hob.

Aber da war keine Janna. Nicht in echt. Nur Bilder, die schlimmer und schlimmer wurden. Bilder, von denen er befürchtete, dass sie real werden könnten.

Wie Janna, die schrie. Nicht mit Leidenschaft, sondern vor Angst. Er sah Hände, die überall nach Janna griffen und ihre Kleider zerrissen. Vergewaltigende, plündernde Hände, die erbarmungslose Ohrfeigen und Schläge austeilten.

„Janna!", rief er laut und der Klang wurde in die Nacht hinausgetragen.

Cole! Sie schrie in seiner schrecklichen Vision. Schrie sie ihn an? Schrie sie nach ihm? Er wusste es nicht.

Mein. Ich muss sie haben! Muss meine Gefährtin haben! Die Stimme in ihm drehte durch.

Stopp! schrie Janna. *Stopp!*

Aber es hörte nicht auf und die Bilder wurden schlimmer. Er war es, der ihr wehtat. Diese Erkenntnis machte ihn krank. An diesem Nachmittag hatte er ihr die Bluse vom Leib gerissen. Er hatte auch ihren Hals beäugt. Und jetzt hatte ihn dieses verrückte Mondfieber gepackt und er wollte noch Schlimmeres tun.

Muss zu ihr gelangen...

Er sprang auf, verriegelte die Tür und schob den Schreibtisch davor. Er machte dabei einen Buckel, denn sein Rücken war seltsam gebeugt und gekrümmt.

Ich werde Janna nicht wehtun! Niemals.

Das Hämmern in seinem Kopf wurde zu einem ohrenbetäubenden Kreischen und die hässlichen Bilder wurden immer schlimmer. Janna, die schrie. Die kämpfte. Und verlor...

Was auch immer seinen Geist in Besitz genommen hatte, ließ ihn auf alle viere fallen und den Kopf in Richtung Tür herumreißen.

Suche nach Janna! Finde sie! Sofort! bellte die Stimme.

Er taumelte zurück und kämpfte wie wild. Er versprach sich selbst, nicht durch die Tür zu brechen und auf die böse Stimme zu hören.

Nimm sie in Besitz!

Er kämpfte gegen jeden Schritt, aber der Körper, der nicht mehr ganz sein eigener war, kam der Tür immer näher.

In seinem Inneren kämpfte und schrie er bei jedem Schritt. Nein! Nein! Nein!

Aus dem Wirrwarr der verrückten Bilder, die auf ihn einprasselten, stach eines in den Vordergrund. Janna, die sich nach vorn beugte und ihm ihr Halstuch reichte. Wie sie sagte, *Hier. Nimm das.* Wie sie ihn küsste.

Nimm das...

Tausend weitere Bilder blitzten auf und der Schmerz wurde immer schlimmer.

Seine Finger tasteten durch die leere Luft und suchten plötzlich verzweifelt nach dem Halstuch. Wo zum Teufel war es?

Das Halstuch war weg, aber er erinnerte sich an den Kuss. *Nimm das...*

Also klammerte er sich mit allem, was er hatte, an diese Erinnerung. Er zwang seinen Geist, das schreckliche Hämmern und die gierigen Stimmen in seinem Kopf zu verdrängen. Er konzentrierte sich auf die Erinnerung an Jannas weiche Lippen. Ihre rosa Zunge. Ihre Hände, die sie flach auf seine Brust drückte. Das Kitzeln ihres Atems, als sie ihn schmeckte und sie ihn schmecken ließ. Ein Geschmack wie Himbeermuffins und süßer Eistee, gemischt mit etwas Wildem.

Er klammerte sich an den Kuss, als hinge sein Leben davon ab, und fügte auch noch das Kuscheln hinzu. Keuchend stolperte er zum Bett. Er dachte an Janna, die ausgestreckt dort gelegen hatte und so begierig nach ihm gewesen war. So unschuldig und nichts als Liebe verdienend.

Seine Schulterblätter drückten sich nach hinten und seine Haut juckte am ganzen Körper, so wie die Stelle an seinem Arm es getan hatte. Sein Kiefer klappte in einem Schmerzensschrei auf, aber es kam kein Ton heraus. Schlimmer noch, sein Kiefer verharrte in dieser Position. Er dehnte sich viel weiter, als er es sollte, bis die Haut auf seinem Gesicht zu einer verdrehten, grauenhaften Maske wurde. Er fuhr sich wild mit den Händen darüber und fand alles an der falschen Stelle. Eine lange, abstehende Nase. Hohe, spitze Ohren. Stoppeln, nicht nur an seinem Kinn, sondern überall.

In Arizona gab es Unmengen einheimischer Legenden über Dämonen und Teufel, denen er nie viel Beachtung geschenkt hatte. Er krümmte sich auf dem Boden und fragte sich, ob er es hätte tun sollen. Er fragte sich, ob es irgendeinen Weg gab, seinen Körper oder seinen Geist zu retten.

Seine Finger verkrampften sich und krallten durch die Luft. Schmerzensschübe durchzuckten seinen Körper. Er hatte sich schon öfter Knochen gebrochen, aber jetzt passierte alles auf einmal, und zwar überall. Sogar sein Verstand begann zu verschwimmen.

Dann kippte alles zur Seite und er stürzte zu Boden.

Kapitel 12

„Vier in die Ecktasche“, murmelte Janna und richtete ihren Stoß aus.

Klick! Die Kugeln rollten über den grünen Filz des Billardtisches, prallten genauso ab, wie sie es beabsichtigt hatte und die Vier landete mit einem befriedigenden Geräusch in der Ecktasche.

Jemand pfiff. „Guter Stoß.“

Sie wandte den Blick nicht vom Billardtisch ab und ihre Gedanken auch nicht von der einen Sache, um die sie kreisten: Cole. Was zu tun war und wie sie es tun sollte.

Teil eins ihres Plans war Gott sei Dank reibungslos über die Bühne gegangen. Sie hatte die wohl längste Abendschicht ihres Lebens im Saloon überstanden und war losgezogen, nachdem sie ihrer Schwester die Wahrheit gesagt hatte. Nun ja, den größten Teil der Wahrheit, zum Beispiel, wohin sie gehen würde. Sie hatte es ein wenig beschönigt und gesagt, dass auch vier Jungs der Twin Moon Ranch dort sein würden. In Wirklichkeit war ein Aufpasser das Letzte, was sie in dieser Nacht brauchte, – und schon gar nicht vier Gestaltwandler, die einen Blick auf Cole werfen und laut *Wolf* brüllen würden.

Ihr Blick schweifte zum hundertsten Mal in den letzten zwanzig Minuten zur Tür von Jay’s Bar. Dann wandte sie sich wieder dem Billardtisch zu, um ihren nächsten Stoß zu berechnen. Manche Leute machten lange Spaziergänge, um ihren Kopf freizubekommen. Ihre Schwester musste backen. Janna spielte Billard.

„Nummer sechs, Seitentasche“, sagte sie und nahm das Ziel ins Visier.

Ein paar Typen hatten sich um den Tisch gescharrt, aber sie beachtete sie kaum. Sie gehörten zum Hintergrund wie die Country-Musik, die klirrenden Gläser und der schale Geruch von Bier. Komisch, dass sie bei ihrem ersten Besuch nicht bemerkt hatte, was für eine Absteige dieses Lokal wirklich war. Sie hatte sich ganz auf Coles sandfarbenes Haar konzentriert. Ihre Nase hatte sich mit seinem Eichenduft gefüllt und in ihrem Kopf hatte es von Möglichkeiten nur so gewimmelt.

Jetzt drehte ihr Verstand nur noch durch. Sie hatte im Blue Moon so viele subtile Fragen gestellt, wie sie nur konnte. Sie hatte jedoch nichts erfahren, was sie nicht bereits wusste: wie niedrig die Überlebensrate sich verwandelnder Menschen wirklich war.

Scheiße, scheiße, scheiße.

Ihr Kopf überlegte sich ein Dutzend Gründe, warum das alles nicht auf Cole zutraf. Ihr Gefährte war stark und klug. Außerdem hatte er sie, um ihm zu helfen, nicht wahr?

Und genau das würde sie auch tun. Sie würde mit ihm reden und versuchen, es ihm zu erklären. Dann würde sie ihn zu Tina Hawthorne-Rivera bringen, denn Tina wüsste, was zu tun war. Tinas eigener Gefährte hatte die Veränderung überlebt, also konnte Cole es auch. Alles würde gut werden. Irgendwie würde alles klappen.

Als sich die Tür der Bar öffnete, richtete Janna sich hoffnungsvoll auf. Aber der Mann, der eintrat, war ein Lastwagenfahrer in Lederjacke.

Verdammt noch mal, wo war Cole?

„Sieht so aus, als käme deine Verabredung nicht", sagte der Typ, der ihr am nächsten stand.

„Aber hier gibt es auch jede Menge gute Gesellschaft." Ein Zweiter grinste.

Janna beugte sich über den Tisch, um einen raffinierten Stoß zu versuchen. Okay, vielleicht war es doch keine so gute Idee gewesen, sich in Jay's Bar zu treffen. In dem Moment, in dem Cole auftauchte, würden sie hier verschwinden.

Doch als sich die Musik aus den Lautsprechern veränderte, wurde ihr ganz warm ums Herz. Sie fing an zu wippen, denn dies war genau das Lied, zu dem sie und Cole das erste Mal getanzt hatten. Sie konnte das Kribbeln immer noch spüren, als er ihr ins Ohr geflüstert hatte.

There are songs and poems and promises, and dreams that might come true...

Mit ihm zu tanzen war ein Hochgefühl gewesen und das langsame Lied, das darauffolgte, hatte zu ihrem ersten Kuss geführt. Ein Kuss, bei dem ihr die Knie geschlottert hatten. Sie schloss die Augen und ließ ihn in Gedanken noch einmal Revue passieren. So weiche Lippen für einen sonst so harten Mann. So ein sauberer, holziger Duft, wie zu Hause. So eine sanfte Hand an ihrer Taille...

Dann glitt tatsächlich eine Hand um ihre Taille, aber bei Weitem nicht so sanft, wie die von Cole es gewesen war. Sie schlug sie weg.

„Jetzt pass mal auf." Sie wirbelte herum und schwang ihren Billardstock in die Richtung des Mannes, der sich hinter sie geschlichen hatte.

Ja, pass mal auf, Arschloch, knurrte die Wölfin in ihr.

Sie funkelte ihn an, sah jedoch einen anderen Mann als zuvor. Ihre Nasenflügel bebten, aber alles, was sie an dem Kerl riechen konnte, war ein seltsamer mit Whisky und Diesel versetzter Geruch.

Der Mann wich zurück, während seine bulligen Freunde um ihn herum glucksen. „Entschuldigung, Schätzchen."

Sie verzog das Gesicht und wandte sich wieder dem Billardtisch zu. Konnten diese Kerle eine Frau nicht einfach eine Weile in Ruhe nachdenken lassen?

Frische Luft wehte durch den kurzen Flur herein, wo jemand die Hintertür der Bar aufgestoßen hatte. Es wurde gerade genug von der kühlen Nachtluft hereingelassen, um die Situation erträglich zu machen.

Sie spitzte die Lippen. Wenn sie das nächste Mal beschloss, sich mit Cole zu treffen, wäre es in einem schöneren Lokal als diesem.

Sie konzentrierte sich auf die Anordnung der Billardkugeln auf dem Tisch und berechnete ihren nächsten Stoß. Was sie brauchte, war ein guter Stoß mit drei Kugeln, um ihre Gedanken ein wenig zu beruhigen.

„Nummer zwei in die Seitentasche", murmelte sie und beugte sich wieder vor.

„Unmöglich", sagte einer der Männer.

Dann schau mal hin, knurrte ihre Wölfin.

Sie ließ die Acht über die Mitte des Tisches rasen. Dabei traf sie die Sieben mit einem Streifschuss, der die Zwei durch einen engen Spalt in die Seitentasche rollen ließ.

Plop. Die Zwei war weg.

Janna schlenderte um den Tisch herum und ignorierte den Applaus der Männer. Einer von ihnen stieß sie an und sie wich sofort zurück. Himmel, konnten sie sie nicht einfach in Ruhe nachdenken lassen?

Offensichtlich brauchte sie einen neuen Plan, wie sie vorgehen sollte, wenn Cole endlich auftauchte, denn Jay's Bar hatte nicht mehr die gemütliche Atmosphäre, an die sie sich erinnerte. Das nächste Mal würde sie mit Cole in ein Diner gehen. Oder besser noch, zu einem Picknick in den Bergen. Alles wäre besser als das hier.

„Willst du tanzen, Süße?", fragte ein Typ viel zu nah an ihrem Ohr.

Sie seufzte und schaute wie aus Gewohnheit zur Bar. Als würde sie halb erwarten, Simon dort zu sehen. Bären waren in dieser Hinsicht praktisch. Ein Blick von ihm und diese Idioten würden von ihr zurückweichen. Aber natürlich war es nicht Simon, denn dies war nicht der Blue Moon Saloon.

Der Barkeeper war ein pummliger, kahlköpfiger Typ, der nicht so aufpasste, wie Simon und Soren es taten. Etwas, das sie bis jetzt noch nie richtig zu schätzen gewusst hatte. Als Kellnerin im Saloon hatte sie nie Probleme gehabt, weil die Jungs alles im Griff hatten. Aber an diesem Ort...

Sie schaute sich um. LKW-Fahrer. Biker. Jede Menge Tätowierungen. Überwiegend Männer, was ihr vorher nicht aufgefallen war.

Wie dem auch sei. Es beunruhigte sie nicht. Selbst wenn die Männer, die ihr am nächsten standen, handgreiflich werden würden, waren sie doch nur Menschen. Nichts, womit ihre Wölfin nicht fertig werden könnte, wenn es hart auf hart käme. Das Einzige, worum sie sich Sorgen machen musste, war Cole.

Sie ging zu der Ecke des Tisches, die der Wand am nächsten war, und beugte sich vor, um sich für ihren nächsten Stoß auszurichten. Sie könnte die Drei dort drüben treffen oder einen schwierigeren Stoß mit der Fünf probieren und ihren nächsten Stoß damit vorbereiten…

„Wie wäre es mit einem Tänzchen, Schätzchen?"

Unbeirrt streckte sie einen Ellbogen aus. „Nicht dein Schätzchen. Fünf in die–"

Sie kreischte auf, als zwei dicke, tätowierte Arme sie von hinten packten. So richtig packten, so dass ihre Arme an ihre Seiten gepresst und ihr Rücken an seine Brust gedrückt wurde.

„Ich glaube, ein Tanz ist genau das, was diese Wildkatze braucht." Sein Bieratem wehte über ihr Ohr, als er ihr den Billardqueue aus der Hand riss.

Sie öffnete den Mund, um zu schreien, überlegte es sich dann jedoch anders. Sie brauchte ihm nur auf den Fuß zu treten, sich nach rechts zu drehen und ihm einen Ellbogen in den Bauch zu stoßen. Das funktionierte immer.

Also stampfte sie auf und drehte sich, aber es funktionierte nicht. Der Mann war schneller, als erwartet und packte sie noch fester.

„Wie wäre es, wenn wir beide nach draußen gehen und uns dort ein wenig amüsieren?" Er zog sie in Richtung Tür.

„Nimm die Hände weg, Arschloch!"

Zwei weitere Männer näherten sich und versperrten jedem, der etwas hätte sehen können, die Sicht, während die dröhnende Musik ihre Schreie übertönte.

Janna wehrte sich und verfluchte sich selbst. Es war dumm von ihr gewesen, allein in diese Bar zu kommen. Ihre Arbeit unter dem wachsamen Blick von zwei Bären hatte sie leichtsinnig gemacht. Nun gut. Sollten diese Idioten sie doch in die Gasse hinausbringen. Sie konnte die Dunkelheit dort draußen nutzen, um ihre Wolfskrallen auszufahren und ihnen eine unvergessliche Tracht Prügel zu verpassen. Niemand würde ein paar halbbetrunkenen Rowdys glauben, die behaupteten, sie hätten gesehen, wie sich eine Frau in einen Wolf verwandelt hatte.

Sie hörte auf zu zappeln, krümmte ihre Finger und machte sich bereit, ihr inneres Biest heraufzubeschwören.

„So ist es gut, Süße", gluckste der Mann an ihrem Ohr. „Komm mit und lerne unsere Freunde kennen."

Freunde? Ihr Herz klopfte wild. Welche Freunde?

Die drei Männer hatten sie in dem engen Flur eingepfercht. Es war unmöglich, dass irgendjemand in der Bar sie nun entdecken würde. Vorwärts war ihr einziger Ausweg – in die Gasse.

Sie holte tief Luft und versuchte, ruhig zu bleiben. Zwei oder drei Betrunkene abzuwehren, das konnte sie schaffen. Aber wenn es mehr waren, würde es unschön werden. Sie würde sich komplett in ihre Wolfsgestalt verwandeln und ein paar Kehlen herausreißen müssen. Sie würde immer noch davonkommen, aber die Verletzungen und Leichen würden zu einer Untersuchung führen, die die Geheimhaltung, die die Gestaltwandler über alles schätzten, gefährden könnte.

Ihr Herz wurde schwer. Selbst wenn es ihr gelänge, die Sache zu vertuschen, würden die Wölfe der Twin Moon Ranch nicht so viel Ärger mit Leuten wie ihr und ihrer Schwester dulden, die eigentlich nur Gäste im Rudelgebiet waren. Sie würden ausgestoßen werden. Ihre Jobs, ihr neues Zuhause – sie und Jessica könnten alles verlieren.

Scheiße. Ihre einzige Möglichkeit bestand darin, schnell zu verschwinden, ohne die Männer so sehr zu verletzen, dass es Aufmerksamkeit erregte. Und verdammt, das würde einen bitteren Geschmack in ihrem Mund hinterlassen. Diese Idioten hatten das Schlimmste verdient. Wer wusste schon, an wie vielen anderen Frauen sie sich in der Zukunft vergreifen würden?

Eine weitere Welle von Knoblauchatem strömte über ihr Gesicht und sie wandte sich ab und zählte die Schritte zur Hintertür. Sobald sie draußen waren, würde sie sich verwandeln und rennen.

„Hier entlang, Schätzchen..."

Oh, sie würde ihm gleich ein *Schätzchen* zeigen.

„Warte kurz, Lou", sagte einer der anderen und plötzlich verdrehten sich die Hände, die ihre festhielten, und zogen.

Sie keuchte vor Schmerz auf.

„Perfekt", sagte der Mann und drängte sie vorwärts.

Sobald er sie losließ, zerrte sie an ihren Händen, aber ihre Arme bewegten sich nicht.

Verflucht!

Ganz egal, wie sehr sie sie drehte oder zog, sie konnte ihre Hände nicht befreien. Sie blieben immer an irgendetwas hängen...

„Ich glaube, sie mag deinen Gürtel", gluckste der erste Mann.

Gürtel? Sie hatten ihre Hände mit einem Gürtel gefesselt?

Panik stieg in ihr auf und sie konnte sie nur schwer zurückhalten. Verdammt noch mal, was jetzt? Mit auf dem Rücken gefesselten Händen konnte sie sich nicht verwandeln. Sie würde sich beide Schultern auskugeln und selbst ein schnell heilender Wolf könnte sich davon nicht augenblicklich erholen.

Scheiße... scheiße...

Sie biss sich auf die Lippe, schloss die Augen und schrie in Gedanken nach ihrer Schwester. Sie musste schwer schlucken, um ihren Stolz zu überwinden, aber es ging hier nicht mehr um Stolz.

Jess! schrie sie innerlich. *Hilfe! Bitte!*

Selbst wenn ihre Schwester sie hörte, konnte sie sich nicht zu ihr teleportieren. Bis die Hilfe eintraf...

Janna kämpfte erneut gegen die hässlichen Bilder in ihrem Kopf an.

„Aber, aber, meine Süße. Immer schön weitergehen. Denn diese Freunde von uns? Sie sind auch deine Freunde. Alte Freunde."

Alte Freunde? Welche alten Freunde würden mit Männern wie diesen zusammenarbeiten, um sie zu vergewaltigen?

Der Mann stieß sie zur Hintertür hinaus und sie hatte eine halbe Sekunde Zeit, die kühlere Nachtluft einzuatmen, bevor sie einem anderen Mann entgegenstolperte, der draußen gewartet hatte. Sie taumelte zur Seite, aber da war noch ein Dritter, ganz in weiß gekleidet.

„Janna Macks", sagte er kühl. „Wie schön, dich wiederzusehen."

„Du", platzte sie heraus.

Der Mann lächelte und schickte ihre Entführer mit je einem Einhundertdollarschein weg. „Wir übernehmen hier, Jungs."

Janna wich zurück. Die drei Männer, die sie nach draußen geschleppt hatten, waren eine Sache. Aber dieser neue Feind ließ ihr das Blut in den Adern gefrieren.

Selbst im schwachen Licht der Gasse konnte sie die blauen Ringe erkennen, die auf ihre Finger tätowiert waren. Blue Bloods. Die Bande, die ihre Familie ermordet und vor Kurzem den Saloon angegriffen hatte.

„Sieht so aus, als hättest du deine Lektion immer noch nicht gelernt." Victor Whyte, der Anführer der Blue Bloods, schüttelte traurig den Kopf. Dann verzog sich sein Gesicht zu einem Ausdruck purer Bosheit. Er packte sie bei den Haaren, riss sie herum und zwang sie auf die Knie. „Wir sind hier, um sie dir beizubringen. Auf die harte Tour."

Er zerrte ihren Kopf zurück – so weit, dass es ein Wunder war, dass ihr Genick nicht brach.

Gott, er würde sie umbringen. Hier und jetzt.

„Du hast gesagt, dass wir erst mit ihr spielen dürfen", protestierte einer der Abtrünnigen in der Gasse.

Spielen? Janna zuckte zusammen. Sie würde lieber schnell sterben, als zu ertragen, was sie vorhatten.

Sie zerrte an dem Gürtel und spürte, wie er leicht nachgab. Wenn sie sie ein paar Minuten lang hinhalten konnte, könnte sie ihre Hände vielleicht befreien. Aber scheiße, sie hatte keine paar Minuten. Sie hatte bestenfalls Sekunden.

Sie holte tief Luft und schrie in die Nacht hinaus. Hilfe zu rufen – irgendwelche Hilfe – war ihre einzige Chance.

Der große Mann hinter ihr schlug ihr die Hand eine Sekunde zu spät auf den Mund. Alle standen da und warteten ein oder zwei Augenblicke lang auf eine Reaktion.

„Wir töten sie", zischte der Anführer. „Jetzt... "

Er drehte sich zum Klang einiger Schritte um, die in Hörweite kamen. Am Ende der Gasse erschien eine hochgewachsene Gestalt, deren Silhouette von einer schwachen Straßenlaterne beleuchtet wurde.

Jannas Hoffnung flammte auf und verblasste dann. Es war nur ein Mann, nicht das bewaffnete Aufgebot, auf das sie gehofft hatte. Ein unschuldiger Mann, der wahrscheinlich auch getötet werden würde. Gott, was hatte sie getan?

„Hey!", rief er und alle erstarrten.

Janna schaute auf, erkannte ihn und stieß ein verzweifeltes Wort aus.

„Cole?"

Kapitel 13

Cole stand keuchend da. Er keuchte viel stärker, als er es für den kurzen Weg von seinem Wagen zur Gasse eigentlich sollte. Aber er hatte schon die ganze Fahrt über gekeucht. Nicht nur das, er hatte auch an seinem Kragen gezerrt, mit den Zähnen geknirscht und sich so heftig am Ohr gekratzt, dass es wehtat. Die Dringlichkeit hatte ausgereicht, um ihn von dem Abgrund zurückzuholen, über den er zu stürzen drohte, und zu seinem Auto zu laufen. Er hatte verzweifelt versucht, den Wahnsinn gerade lange genug in Schach zu halten, um... Nun, er war sich nicht sicher, warum genau. Nur, dass er die Bestie, in die er sich verwandelt hatte, zurückdrängen und sofort zu Janna gelangen musste.

„Lasst sie los!", brüllte er. Am liebsten wäre er in die Gasse gesprintet und hätte ihre schmutzigen Hände von Janna weggeschlagen, aber er ging langsam und schätzte die Situation ein.

Vier – nein, fünf – große Kerle. Er konnte ihre Gesichter nicht sehen, aber seine Nase nahm einen bleichmittelähnlichen, unnatürlichen Geruch wahr, der ihn nach sauberer Luft schnappen ließ.

Die Alarmglocken, die schon während der Fahrt hierher in seinem Kopf geschrillt hatten, läuteten ein zweites Mal wie wild.

„Du", schnaufte er und erkannte den Mann, der vor Wochen den Angriff auf Janna im Saloon angeführt hatte. Er fletschte die Zähne und ein leises Knurren erfüllte die Gasse. Ein echtes, animalisches Knurren, das ihn erschreckt hätte, hätte er genauer darüber nachgedacht.

Lass mich raus! brüllte eine düstere Stimme von innen. *Töte sie! Töten!*

Mit dem Töten hatte er kein Problem. Nicht, wenn es um Typen ging, die eine Frau in eine Gasse zerrten und sie fesselten. Aber es war dieselbe Stimme, die ihn aufgefordert hatte, alle möglichen verrückten Dinge mit Janna zu tun, und er hatte nicht vor, sie die Kontrolle übernehmen zu lassen.

Seine Gesichtsmuskeln zuckten wild und er kratzte sich wie ein Verrückter am Ohr. Ja, er drehte tatsächlich durch. Ein verdammter Dr. Jekyll und Mr. Hyde, den er nicht kontrollieren konnte.

„Cole! Nicht!", rief Janna.

Er wäre für sie von einer Klippe gesprungen. Aber sie im Stich lassen, wenn sie in Gefahr war? Auf keinen Fall.

Vier der fünf Männer waren groß und stämmig und der fünfte war ein untersetzter älterer Mann, der sprach, als hätte er hier das Sagen, verdammt noch mal.

„Wir haben hier alles unter Kontrolle. Kein Grund, sich in die Angelegenheiten anderer Leute einzumischen."

Genau, unter Kontrolle. Fast hätte Cole die Worte laut gespien, aber sein Kiefer brachte ihn um. Wieder dieses Gefühl, als würden seine Zähne zusammengedrückt werden. Alle vier Eckzähne gleichzeitig.

Er ging noch einen Schritt weiter und ballte die Fäuste.

Der Mann hatte weißes Haar und trug einen weißen Anzug, der in einer nächtlichen Gasse völlig fehl am Platz wirkte. Whyte, das war der Name des Arschlochs. Er schaute Cole mit geneigtem Kopf an und seine Augen blitzten auf, als er ihn erkannte.

„Ach, unser Ritter in glänzender Rüstung ist zurück für einen weiteren Versuch."

Eher ein wütender Bulle, aber egal. Sollte der Kerl doch so viel Scheiße reden, wie er wollte.

Verwandeln! Verwandeln! Lass mich raus!

Cole hatte keine Ahnung, was diese innere Stimme mit *Verwandeln* meinte, aber er würde jetzt ganz sicher nicht noch einen Feind in der Gasse entfesseln.

Du brauchst mich, um sie zu retten!

Auf gar keinen Fall. Er musste einen kühlen Kopf bewahren und einen Weg finden, so lange gegen fünf Männer zu kämpfen, bis Janna entkommen konnte.

Die beiden Männer, die Janna festhielten, gingen mit Whyte langsam rückwärts, während die beiden Männer, die ihm am nächsten standen, nach vorn traten. Einen Moment lang konnte Cole Janna noch sehen, die ihn verzweifelt anschaute. Dann baute sich ein großer Körper zwischen ihnen auf und versperrte ihm die Sicht.

Was seinen Plan, ruhig zu bleiben, schlagartig über den Haufen warf.

Cole senkte eine Schulter und rammte den ersten Kerl so fest, dass er nach hinten weggeschleudert wurde. Dann drehte er sich gerade noch rechtzeitig um, um der Faust des zweiten Mannes auszuweichen. Er erwischte den ausgestreckten Arm und verdrehte ihn so stark, dass der Mann stöhnte und auf die Knie sank.

Er tat all das, ohne nachzudenken, was auch gut so war, denn die innere Stimme kreischte jetzt.

Lass mich raus! Lass mich sie töten!

„Bewegung", bellte Whyte und der Mann, der Janna festhielt, zerrte sie rückwärts. Als sie sich gegen ihn stemmte, gab ihr der Mann eine Ohrfeige.

Cole zuckte von Jannas schmerzerfülltem Schrei zusammen und blinzelte angesichts des Déjà-vus. Janna, die sich gegen aufdringliche Hände wehrte, die nach Körperstellen griffen, die kein Mann berühren durfte. Nicht, wenn eine Frau es nicht wollte.

Das war gar nicht er gewesen, der Janna in seinen Albträumen wehgetan hatte. Es waren diese Männer.

Er sah rot vor lauter Wut und rächte sich am nächstbesten Kerl mit einem bösartigen linken Haken. Der Typ stolperte, als Cole innehielt, um seine rechte Hand zu umfassen. Autsch. Er hätte genauso gut gegen eine Ziegelwand schlagen können. Aber der Schmerz in seiner Hand war nichts im Vergleich zum brennenden Schmerz in seinem Kopf. Sein Gehirn wurde von hundert Impulsen und Instinkten zerrissen, die sich alle gegenseitig widersprachen. Die Stimme in seinem Kopf gewann die

Kontrolle über seinen Körper, ließ seinen Arm zucken und seine Lippen zurückziehen. Er begann, zu knurren – nicht nur innerlich, sondern auch nach außen, genau wie ein tollwütiger Hund.

Behalte die Kontrolle. Behalte die Kontrolle...

Gib mir die Kontrolle! verlangte das wilde Ding. *Gib sie mir! Ich werde sie retten!*

„Cole!", schrie Janna.

Er schaute gerade noch rechtzeitig auf, um dem Mann auszuweichen, der sich auf ihn stürzte. Er wirbelte herum und stieß den Mann gegen die an der Wand stehenden Mülltonnen. Hinter ihm setzten sich die anderen Männer in Bewegung und gaben dabei unmenschliche Geräusche von sich. Es gab ein markerschütterndes Knallen und ein kehliges Stöhnen. Kleidung zerriss, vielleicht blieb sie an etwas hängen, als sie sich auf die Füße rollten. Er hörte ein Knurren und pelziges Rascheln, als ob sich ein Hund schütteln würde. Der Geruch von stinkendem Köter stieg in seine Nase – die Art, nach der Rosalinds Auto stank – und ließ ihm die Nackenhaare zu Berge stehen.

Der Anführer, in seinem lächerlichen weißen Anzug, warf einen Blick hinter Cole und grinste.

„Dann zeig uns mal, was du kannst, Cowboy." Er nickte den anderen zu. „Versuche nur, jetzt gegen uns zu kämpfen."

„Lauf, Cole", flüsterte Janna mit riesigen Augen. „Lauf, jetzt!"

Er würde auf gar keinen Fall weglaufen. Er würde sich ihnen wie ein Mann stellen und erneut angreifen. Und wieder und wieder, so lange, bis Janna in Sicherheit war.

Lauf du, kommunizierte er mit seinen Augen. *Sobald du entkommen kannst, lauf weg.*

Er drehte sich um, hob die Fäuste und hielt inne, weil niemand hinter ihm war. Zumindest nicht auf Augenhöhe.

Ein höllisches Knurren erhob sich in der Stille der Nacht und er schaute nach unten.

Was zum...

Drei große Hunde schnappten mit elfenbeinfarbenen Zähnen nach ihm und sabberten. Ihr struppiges Fell sträubte sich auf ihrem Rücken und ihre Augen funkelten.

Keine Hunde. Wölfe. Wo kamen die denn her?

In dem Moment, als Cole dies dachte, verkrampfte sich sein Körper. Seine Ellbogen schossen hoch und zurück und er krümmte sich, als hätte man ihm in den Magen geschlagen. Alle Farbe verschwand aus seinem Blickfeld, bis nur noch Schwarz, Weiß und tausend verschiedene Grautöne übrig waren.

Sie sind von innen gekommen. Genau wie ich, knurrte die Stimme in ihm. *Lass mich raus!*

Er verschluckte sich an seinem eigenen Atem. Auf gar keinen Fall würde er eine solche Bestie freilassen.

Vertraue mir.

Seinem eigenen verrückten Verstand vertrauen? Einer Bestie vertrauen, die Janna etwas antun wollte?

Ich werde ihr niemals wehtun! Die Stimme zerrte von innen an ihm und spaltete seinen Geist. Seine Finger krümmten sich von selbst und seine Schultern zuckten nach hinten. So stark, dass der Schmerz mehr Farbe – weiß – als ein Gefühl war und er fiel auf die Knie.

„Cole", schrie Janna. „Lass ihn raus! Schnell!"

Er wusste, dass die Wölfe sich ihm näherten, aber er verstand nicht, woher Janna von der Stimme in seinem Inneren wusste.

Lass ihn mir helfen, sagte sie. Das Seltsame war, dass ihre Stimme nicht an seine Ohren drang. Das war alles in seinem Kopf. *Lass deinen Wolf raus!*

Er hatte keinen Wolf. Er hatte verdammte Kopfschmerzen, drei Wölfe, die ihm die Kehle herausreißen wollten, und keine Zeit zu verlieren.

Vertraue ihm! schrie Janna.

Dieses Mal wurden ihre Worte von Bildern begleitet, die sich in seinen zerklüfteten Verstand drängten. Manche waren angenehm, wie die Wiese in den Bergen, wo er davon geträumt hatte, dass das Gras seine Nase kitzelte, während er über den Boden stapfte. Andere Bilder waren brutal, aber ermächtigend, wie das Schnappen mächtiger Kiefer. Das befreiende Gefühl von vier Beinen, die schiere Kraft, die er besitzen konnte...

Du kannst das!

Ein Wolf. Sie wollte, dass er sich in einen Wolf verwandelte, wie diese mörderischen Bestien?

Nicht wie sie. Du wirst schon sehen. Los jetzt! Verwandle dich!

Wenn er sich in ein beliebiges Tier verwandeln könnte, dann wäre es ein Bulle. Davon hatte er Ahnung. Die Art, sich zu bewegen, sich zu drehen, zu treten. Mit seinen Hörnern zu suchen. Er könnte sich einen Bullen vorstellen. Aber einen Wolf?

Ich bin deine einzige Chance! sagte die düstere Stimme in ihm. *Jannas einzige Chance!*

Verwandle dich! schrie Janna, als die drei Wölfe ihn fast erreicht hatten. *Verdammt, verwandle dich endlich!*

Der Befehl schoss durch seinen Körper und seinen Geist und er hatte keine andere Wahl, als sich ihm zu ergeben. Seine Schultern zuckten zurück und sein Kiefer gab dem kratzenden Schmerz der sich verlängernden Zähne und knackenden Knochen nach.

Ich bin dein Partner, nicht dein Feind, Dummkopf. Lass mich raus!

Lass ihn raus! wiederholte Janna.

Cole schloss die Augen und beschwor sein eigenes Bild von dieser Bergwiese herauf, auf der Janna direkt vor ihm ging und mit dem Schwanz wedelte...

Er öffnete die Augen gerade noch rechtzeitig, um dem schnappenden Kiefer des nächsten Wolfes auszuweichen. Er stürzte sich auf ihn und fletschte die Zähne. Erst mitten im Sprung bemerkte er, dass er von vier Füßen abgesprungen war, und dass sich seine Nase weit vor seinen Augen befand. Aber er hatte keine Zeit, es zu hinterfragen. Nicht inmitten des Kampfes.

Er biss in den Hals des Wolfes und sprang weg, als die anderen beiden näherkamen.

Sie knurrten und er knurrte zurück. Ein echtes Knurren, das in seiner geschwungenen Brust vibrierte, und es fühlte sich gut an. Kraftvoll. Mächtig sogar und wahnsinnig wütend.

Die drei Wölfe umkreisten ihn und knurrten ihn lange genug an, dass er sich ein Bild der Situation machen konnte.

Er sah vier Füße und einen gottverdammten Schwanz..., der an ihm hing. Sein Geist stand vor Wut in Flammen und er verspürte das brennende Bedürfnis zu töten. Alles völlig fremd, aber die Seele in ihm..., die fühlte sich immer noch wie er selbst an.

Ich bin du, Dummkopf, murmelte die Stimme, die in ihm widerhallte, als würde er die Worte vor sich hin flüstern.

Ich?

Er schüttelte den Kopf und spürte, wie ihm die Ohren ums Gesicht schlugen. Oha. Es stimmte also. Der Wolf war er. Und es war keine rasende Bestie, die Janna auf die schlimmste Art und Weise verletzen würde. Dieses Tier würde sie bis zum bitteren Ende beschützen.

Dann lass uns anfangen, sagte es.

Cole nickte und knurrte seine Feinde an. *Ja. Fangen wir an.*

Kapitel 14

Janna starrte ihn an, als Cole sich von einem Menschen in einen Wolf verwandelte. Sie war so schockiert und fasziniert, wie es jeder Mensch wäre, wenn er die Verwandlung eines Gestaltwandlers mit eigenen Augen sah. Nicht, weil sie noch nie eine Verwandlung miterlebt hatte, sondern, weil sie nicht wusste, was es in Coles Fall bedeuten würde. Tod? Wahnsinn? Das Ende?

Jedes Mal, wenn sie sich Gedanken über diesen Moment gemacht hatte, hatte sie sich eine langsame, qualvolle Verwandlung vorgestellt. Mit Schaum vor dem Mund und wilden Augen, die den inneren Kampf signalisierten. Ein Stöhnen von unerträglichen Schmerzen und eine ungeschickte, unbeholfene Verwandlung.

Sie hätte wissen müssen, dass Cole mehr drauf hatte.

Er verwandelte sich so, wie er mit dem Bullen getanzt hatte. Nahtlos. Anmutig. In einer Sekunde stand er so sicher und kämpferisch da, wie ein Cowboy es nur konnte, und in der nächsten... stürzte sich der stattlichste, geschmeidigste Wolf, den sie je gesehen hatte, in eine Reihe wütender Angriffe. So schnell und wendig, mit dem gleichen Gespür für perfektes Timing, das Cole auch als Mann besaß. Er rollte sich von seinem Angreifer weg, wirbelte herum und schnappte zurück. Dann wandte er sich den anderen abtrünnigen Schurken zu und hielt mit ihnen Schritt, als sie ihn knurrend umkreisten.

„Oha", murmelte der Mann, der Janna festhielt.

„Schnappt ihn!", schnauzte Victor Whyte die drei Schurken an, die sich in ihre Wolfsgestalt verwandelt hatten.

Janna nutzte die Ablenkung, um sich mit einem Ruck zu befreien. Sie stolperte zurück und landete hart auf ihrem Hintern, aber ihre Handgelenke ließen sich in der Fessel leicht bewegen. Wenn sie ein wenig mehr Spielraum hätte, wäre sie in der Lage...

„Pass auf sie auf!", bellte Whyte.

Als der fünfte Mann Janna am Ellbogen hochzog, schnitt der Gürtel in ihre Handgelenke. Sie zuckte vor Schmerz zusammen und konzentrierte sich darauf, eine einzelne Wolfsklaue auszufahren. Eine einzige Klaue und sonst nichts – ein schwieriges Vorhaben verglichen mit ihrer üblichen *Alles oder nichts*-Verwandlung.

Die Gasse verwandelte sich in einen Tumult aus Knurren und Gebell, als sich die drei Abtrünnigen auf Cole stürzten.

„Cole!", schrie sie.

Eine Minute lang sah sie nichts als ein Gewirr aus Fell und Reißzähnen. Dann befreite sich Cole und sprang auf sie zu. Sein goldenes Fell war weinrot gefärbt. War das sein Blut oder das des Feindes?

Die drei wirbelten herum und bildeten eine Reihe. Cole wandte Janna den Rücken zu, um sich ihnen entgegenzustellen. Er knurrte eine Warnung, die jeder Wolf in einem Umkreis von fünfzehn Kilometern hätte hören können.

Meine! Gefährtin!

Sie wusste nicht, ob sie weinen oder jubeln sollte. Das Knurren deutete darauf hin, dass Cole die Wolfsseite in sich akzeptiert hatte –, aber zu welchem Preis? Wenn er dem Wolf zu viel Kontrolle gab, könnte seine menschliche Seite für immer verloren sein.

Janna sägte verzweifelt mit ihrer Klaue an der Kante des Leders.

Einer der Schurken täuschte einen Angriff vor und Cole schlug ihn mit einer riesigen, ausgestreckten Pfote zurück. Ein zweiter Wolf nutzte die Gelegenheit, um nach Coles Hinterbein zu schnappen, aber Cole war schneller. Er sprang aus dem Weg, wirbelte herum und stürzte sich auf den Angreifer, der aufheulte und davonsprang.

Janna schüttelte den Kopf. Drei gegen Einen bedeutete, dass Cole jeden Angriff nur abwehren konnte. Er würde niemals auf einen einzelnen Wolf losgehen können, weil sich die anderen beiden bereits näherten.

„Ich übernehme sie. Du kümmerst dich um ihn", befahl Whyte dem Mann, der sie bewachte.

Scheiße. Vier gegen einen. Sie sägte schneller.

Whyte fing an, sie rückwärts zu ziehen. Seine Hände waren kalt und klamm auf ihrer nackten Haut.

„Du hättest deine Lektion schon vor langer Zeit lernen sollen", zischte er ihr ins Ohr. Sein Atem stank und sein Ton war hochmütig.

„Reinheit", krächze er. „Reinheit... "

Die Worte erinnerten sie an die Nacht, in der ihr Rudel von Whytes Schurken überfallen und vernichtet worden war. Simon und Soren hatten die direkten Verantwortlichen gejagt und getötet, aber das war nur die Spitze des Eisbergs gewesen. Whyte war derjenige, der den Angriff angestiftet hatte. Und er würde weitere unschuldige Gestaltwandler angreifen, wenn man ihn nicht aufhielt.

Sie schnitt verzweifelt an dem Gürtel, während vier Wölfe in einem chaotischen, gnadenlosen Kampf gegen Cole antraten.

Sie wollte vor Frustration schreien, als der Gürtel schließlich riss und sie plötzlich frei war. Sie riss die Hände auseinander, ballte sie zu Fäusten und schlug dem Anführer der Abtrünnigen ins Gesicht.

„Schlampe!", schrie er und stolperte zurück.

Janna fuhr die anderen vier Krallen aus und schlug erneut nach Whyte. Nacktes Fleisch unter ihren Krallen aufzureißen hatte sich noch nie so befriedigend angefühlt.

„Ich zeig dir eine Schlampe." Sie ließ sich auf alle viere fallen und verwandelte sich in ihre Wolfsgestalt.

Whyte wich zurück und es kostete Janna alles, was sie in sich hatte, um ihm nicht an die Gurgel zu gehen. Sie konnte es sich nicht leisten, den Feigling verschwinden zu lassen, aber selbst eine Sekunde, in der sie ihn angriff, konnte für Cole eine Sekunde zu spät sein. Sie wandte sich von Whyte ab und knurrte die Abtrünnigen an, die kämpften.

Gefährte! Rette meinen Gefährten! schrie ihre Wölfin, als Cole zu Boden ging.

Vier Schurken näherten sich ihm und machten sich zum Töten bereit.

Janna sprang vor und packte sich den Nächstbesten. Sie biss sich an seinem Ohr fest und zerrte ihn zur Seite. Der männliche Wolf hatte einen Größenvorteil, aber die Überraschung war auf ihrer Seite. Überraschung, Wut und das dringende Bedürfnis nach Rache. Sie stürzte sich auf seine Kehle und biss fest zu.

Stirb, Feind. Bedrohe meinen Gefährten und du stirbst, knurrte ihre Wölfin.

Sein Blut stank und befeuchtete das verfilzte Fell. Janna biss sich fest, während er zappelte. Dieser hier würde sterben. Der Nächste würde ebenfalls sterben. Sie alle würden sterben, selbst wenn es ihren eigenen Tod bedeutete.

Sie spuckte, als der Schurke regungslos zusammensackte, und konzentrierte sich darauf, Cole zu finden. Der Kampf zwischen ihm und den abtrünnigen Wölfen hatte sich von einer Massenkeilerei wieder zu einem Dreierverhältnis gewandelt. Für den Bruchteil einer Sekunde erhaschte sie Coles Blick und schrie in Gedanken.

Cole?

Janna! Seine heisere Stimme ertönte in ihrem Kopf. Eine Stimme, die dem Menschen Cole gerade ähnlich genug war, um ihr Hoffnung zu machen.

Sie wollte ihn bei den Schultern packen und schütteln, bis sie sich sicher sein konnte, dass ihm seine menschliche Seite nicht entglitt. Aber sie hatte keine Zeit. Der nächste Wolf drehte sich und stürmte direkt auf sie zu.

Sie kopierte eine Technik aus Coles Bullenkämpfen und wich in letzter Sekunde aus, bevor sie dem Schurken ins Hinterbein biss. Der Wolf trat nach ihr, als neben ihr das Chaos ausbrach – zwei gegen einen in dem anderen Kampf.

Bessere Chancen als zuvor, entschied ihre Wölfin.

Es lag an ihr, die Chancen noch besser zu machen, also biss sie sich fest, während ihr Feind sie mit sich zerrte. Der Wolf war groß, also grub sie ihre Klauen in den Boden und versuchte, ihn zum Stolpern zu bringen. Sie suchte nach einer Gelegenheit...

Da! Sie kratzte mit den Krallen über seinen Bauch und verpasste ihm eine tiefe, klaffende Wunde.

„Schnappt sie! Schnappt sie!", brüllte Whyte aus sicherer Entfernung.

Janna ließ das Bein des Schurken los und stürzte sich auf seinen Hals. Aber als sie zuschnappte, erwischte sie nur schlackernde Haut – ein schmerzhafter, aber kein tödlicher Schlag, verdammt. Sie ließ ihn los und der Abtrünnige kroch davon, während er sie mit großen, weißen Augen anstarrte.

Janna hatte sich nie größer gefühlt. Mutiger. Beängstigender. Aber sie hatte auch Angst. Wie schwer war Cole verletzt? Wie tief war seine Seele unter der des Wolfes begraben?

Zwei Wölfe brüllten hinter ihr und einer heulte auf. Sie wirbelte herum und versuchte verzweifelt herauszufinden, welcher von ihnen verwundet worden war.

Nicht Cole. Bitte, nicht Cole...

Einer der Schurken hinkte nach links und gab den Kampf auf.

„Zurück, du Feigling!", brüllte Whyte.

Janna war noch nie so versucht gewesen, einen verletzten Wolf anzugreifen und kaltblütig zu töten. Aber der Kampf war noch nicht vorbei und sie durfte sich nicht von Cole ablenken lassen. Er und der größte Schurke bäumten sich auf und kämpften ihren Wolfskampf, bevor sie zur Seite fielen. Mit Gebrüll wichen sie auseinander und griffen erneut an.

Janna wartete auf ihre Gelegenheit, den Großen zu überrumpeln. Einer der Angreifer war tot, ein anderer humpelte davon. Whyte hielt einen sicheren Abstand zum Geschehen und stellte keine unmittelbare Bedrohung dar. Sie rechnete schnell nach. Blieb also noch einer der Schurken übrig – der, den sie gebissen und aufgeschlitzt hatte. Sie drehte sich gerade noch rechtzeitig um, um zu sehen, wie er mit gefletschten Zähnen auf sie zukam. Es war zu spät, um zu reagieren, und sie wurde durch die Luft geschleudert. Der Schurke stürzte sich auf sie, während sie auf dem Rücken zappelte und versuchte, wieder auf die Beine zu kommen. Kaum hatte sie sich aufgerappelt, griff sie mit allem an, was sie hatte: Klauen, Zähne und das unbändige Bedürfnis, ihre Familie zu rächen. Sie drängte den Schurken mit dem Rücken an die Wand, wo er sich schließlich umdrehte und davonlief.

Heftig keuchend suchte Janna nach Cole. Sie hörte ein Schnappen, einen gurgelnden Schrei und dann herrschte fast Stille, bis auf den pulsierenden Takt der Musik, die aus der Bar schallte. Der Wolf, der siegreich über einem toten Feind stand, war so blutverschmiert, dass sie nicht erkennen konnte, wer es war.

Cole? Der Schurke? Wer? Sie schrie innerlich. Wer?

Dann trafen sich ihre Blicke und sie wusste es.

Cole?

Janna? Seine Augen waren düster, sein Gesicht gezeichnet und verwirrt.

Zwei Schurken waren tot und zwei weitere schlichen davon. Sie wusste, dass sie ihnen folgen sollte – und vor allem Whyte –, aber sie brachte es nicht übers Herz. Cole war alles, was zählte.

„Wir werden unseren Willen bekommen", rief Whyte, als er die Gasse hinunterlief. „Die Reinheit wird siegen."

Die Reinheit flüchtet feige, wollte Janna spöttisch sagen, aber sie war zu sehr damit beschäftigt, zu Cole zu eilen. Sie würden die Schurken an einem anderen Tag bekämpfen müssen. Jetzt zählte nur ihr Gefährte.

Sie wimmerte und umkreiste ihn wieder und wieder. Er schwankte auf seinen Pfoten, wedelte schlaff mit dem Schwanz, wankte dann und sackte zu Boden.

Cole, murmelte sie und leckte ihn sauber. Aber verdammt, da war eine Menge Blut. *Cole...*

Janna, kam die schwache Antwort.

Sie drehte sich, so dass sie ihm Nase an Nase gegenüberstand, und studierte seine Augen. Augen wie Sturmwolken, in denen tausend Blitze funkelten. War das ihr Cole da drin oder war er für immer für sie verloren?

Gefährtin, murmelte er mit seiner rauen Wolfsstimme. Er beschnupperte sie, genau wie es ein Wolf tun würde, und ihr Herz wurde schwer. Hatte die Bestie den Mann völlig vertrieben?

Bist du. . . ? Bist du. . . ? stammelte sie.

Cole blinzelte ein paarmal und neigte den Kopf. *Heilige Scheiße, Janna.* Er starrte sie an. *Du bist ein Wolf.*

Sie hätte vor Erleichterung schreien können, denn diese Stimme gehörte ganz Cole.

Ja, nun. . . brachte sie eine zittrige Antwort zustande. *Du bist auch ein Wolf.*

Er schüttelte sich, als wollte er sich von dem Fell befreien, und schob seinen Kopf näher zu ihr. *Geht es dir gut?*

Mir geht es gut, seufzte sie und schmiegte sich an seinen Körper. *Wirklich gut.*

Sie kauerten sich in der zugemüllten Gasse aneinander, aber sie nahm nichts anderes wahr als seine Wärme und seinen moschusartigen Wolf-plus-Cowboy-Duft. Ein Duft, den sie mit Freude für eine sehr lange Zeit einatmen könnte. . .

Ähm, Janna. . . sagte Cole und sah plötzlich verloren aus.

Sie schmiegte sich enger an ihn. *Lass es mich erklären. . .*

Erklären? Er schüttelte den Kopf und schaute sofort erschrocken zu seinen Schlappohren auf. *Das könnte eine Weile dauern.*

Wie wäre es mit einem Leben lang? flüsterte sie neben seinem Ohr. *Würde das reichen?*

Ähm. . . in meinem normalen Körper oder so?

Sie verzog die Lippen zu einem Wolfsgrinsen. *Du hast die Wahl, Cowboy. Du hast die Wahl.*

Sein steifer Körper entspannte sich daraufhin ein wenig und er schmiegte sich an sie. Sie hätte vor Vergnügen summen können, wäre da nicht das Geräusch eiliger Schritte am Ende der Gasse gewesen. Janna sprang auf und Cole tat es ihr gleich. Sie beide knurrten die drei auftauchenden Schatten an.

Einen Augenblick später atmete sie auf, doch Cole knurrte weiter, bis sie in Gedanken nach ihrer Schwester rief.

Jessica!

Coles wütendes Knurren verstummte. *Das ist Jess?* Dann sträubten sich seine Nackenhaare erneut, als er die beiden riesigen Grizzlybären entdeckte, die hinter Jess auftauchten.

Einen Schritt näher und ihr werdet es bereuen, knurrte Cole, obwohl die Bären doppelt so groß waren wie er.

Janna trat vor, bevor irgendwer irgendjemandem die Kehle herausreißen konnte. *Simon! Soren!*

Cole riss den Kopf zu ihr herum. *Du machst Witze.*

Sie schüttelte den Kopf. *Keine Witze.*

Die Lichter eines Streifenwagens tauchten hinter ihnen auf und Janna rief erleichtert aus. *Kyle!* Der Gestaltwandler-Polizist des Twin Moon Rudels würde genau wissen, wie man die Spuren eines Gestaltwandlerkampfes beseitigte.

Er ist ebenfalls ein Wolf, erklärte sie dem Mann an ihrer Seite.

Cole starrte sie mit großen Augen an. *Sag mir nicht, dass sich der Rest der Gäste im Saloon auch in Tiere verwandeln kann.*

Nur ein paar.

Ein paar? Cole sah nicht überzeugt aus.

Janna, geht es dir gut? knurrte Simon.

Ja, geht es dir gut? wiederholte auch Soren mit seiner rauen Bärenstimme.

Alles in Ordnung. Sie schaute sich in der Gasse um und schluckte, als sie daran dachte, wie knapp es gewesen war.

Was ist passiert? fragte Jess.

Und wer zum Teufel ist das da? forderte Simon.

Soren stand hinter ihm und funkelte Cole mit gefletschten Zähnen an.

Sie stellte sich zwischen die beiden. *Das ist Cole.*

Cole? Jess warf ihm einen Blick zu.

Simon wich zurück. *Heilige...*

... Scheiße, sprach Soren zu Ende.

Ja, so könnte man Jannas Abend zusammenfassen. Aber verdammt. Sie war schon so weit gekommen. Jetzt würde sie auch keinen Rückzieher machen.

Cole. Sie nickte entschlossen. *Mein Schicksalsgefährte.*

Cole knurrte an ihrer Seite und wiederholte ihre Worte. *Meine Schicksalsgefährtin.*

Epilog

Einen Monat später...

Das Sonnenlicht drang durch die langen Rundbogenfenster und obwohl Cole die Augen geschlossen hatte, konnte er die Wärme auf seiner nackten Haut spüren. Seine Brust hob und senkte sich unter dem leichten Gewicht von Jannas Arm, der um ihn geschlungen war, und er seufzte ein wenig.

Noch ein schöner Morgen. Noch ein wunderschöner Tag. Es war spät – zu spät für jeden Cowboy, der etwas auf sich hielt, um aufzuwachen, aber er und Janna waren den größten Teil der vergangenen Nacht Laufen gewesen.

Die Tür, die sie vom Rest der Wohnung über dem Blue Moon Saloon trennte, war zwar geschlossen, aber er konnte Schritte und zwei Stimmen auf dem Flur hören.

„Müssen die beiden immer noch Schlaf nachholen?", gluckste Simon.

Jessica ermahnte ihn. „Als ob du besser wärst, Bär."

Cole wandte sich Janna zu, die immer noch an seiner Seite schlief, und strich sanft mit einem Finger über ihre Wange. In Wahrheit musste er nicht nur Schlaf nachholen, sondern sich auch an jede Menge Dinge gewöhnen. Zum Beispiel an die Tatsache, dass er sich zwischen Mensch und Wolfsgestalt hin und her verwandeln konnte, und Janna ebenfalls.

Es waren ein paar verrückte Wochen gewesen. Janna war zu keiner Zeit von seiner Seite gewichen und hatte ihn durch das begleitet, was sie die *Veränderung* nannte. Nach der Nacht seiner ersten Verwandlung hatte er eine Woche mit Fieber und starken Schmerzen überstanden und es hatte Momente gegeben, in denen er dem Wahnsinn nahegekommen war. Aber

Jannas Stimme und ihre Berührung hatten ihn immer wieder zurückgeholt und er war auf der anderen Seite des Tunnels an einen Ort gelangt, der strahlender und sonniger war als alles, was er je zuvor erlebt hatte. Diese friedliche Bergwiese war jetzt die ganze Zeit ein Teil seiner Welt.

Ohne Janna hätte er es niemals geschafft. Sie half den beiden Seiten in ihm, als Partner zusammenzuarbeiten, anstatt als Rivalen. Der Wolf war sein und auch Jannas Verbündeter. Die schrecklichen Bilder, die er gesehen hatte, waren nicht sein Wolf gewesen, der Janna wehtun wollte, sondern eine Vorahnung auf die Abtrünnigen. Die Schurken, vor denen sein Wolf sie gerettet hatte.

Habe ich dir doch gesagt, gähnte die Stimme in ihm.

Daran musste er sich auch erst noch gewöhnen, selbst jetzt, da das Schlimmste vorbei war. Manchmal fühlte es sich ganz natürlich an, ein Wolf zu sein. So wie am Abend des Angriffs, als er es am meisten gebraucht hatte. Er musste nur sein Gehirn ausschalten und darauf vertrauen, dass der Wolf vier Füße, verdammt viele scharfe Krallen und ein wirklich, wirklich schreckenerregendes Maul voller Zähnen koordinieren konnte.

Es war so, wie Janna es jedes Mal gesagt hatte, wenn sie seither in den Wald gegangen waren, um *Wolfszeug* zu üben, wie sie die Verwandlung, das Heulen und Sex auf vier Füßen so salopp nannte. *Folge einfach deinem Instinkt.*

Als sie dies zum ersten Mal gesagt hatte, hatte sie im Licht des blassen, abnehmenden Mondes gestanden und war wie eine Göttin der Nacht angestrahlt worden. Janna, die Wölfin, genauso schlank, süß und feurig wie in ihrer menschlichen Gestalt.

Instinkt, was? hatte er nicht widerstehen können, zurückzuschießen. *Weißt du, was mein Instinkt mir gerade sagt?*

Der Instinkt hatte ihn direkt durch ihre erste Runde Wolfs-Sex geführt. Die fiebrigen, befriedigten Laute, die Janna dabei von sich gab, verrieten ihm, dass er es auch ziemlich gut gemacht hatte. Und ein paar Nächte später, während sie sich als menschliche Liebhaber in den Laken wälzten, hatte ihm der

Instinkt genau gesagt, wie und wann er den Paarungsbiss geben musste. Der Rausch, der damit einherging, ließ ihn immer noch brüllen wollen.

Mein! Meine Gefährtin!

Wenn er allerdings genau darüber nachdachte, war er immer noch ein ziemlich ungeschickter Hund. Sich mit der Hinterpfote an einem Ohr zu kratzen, war ein Trick, den er noch nicht ganz gemeistert hatte. Janna brach jedes Mal in Gelächter aus, wenn er dabei umfiel. Aber das war in Ordnung, denn sie fand es niedlich und entschädigte ihn immer mit einem langen, wölfischen Lecken oder einer Kuschelrunde, die sich endlos in die Länge ziehen konnte.

„Mmm", seufzte sie verträumt neben ihm. „Cole..."

Hoppla. Er hatte sie nur leicht streicheln wollen, aber jetzt rieb er sich schon wieder an ihr.

„Ich kann nicht anders", murmelte er. „Nicht mit meiner Gefährtin."

Diese beiden Worte zu sagen, war noch so eine Sache, die ihm ein nahezu lächerliches Gefühl von Stolz gab. *Meine Gefährtin.* Als Janna es in jener Nacht in der Gasse gesagt hatte, hatte er die wahre Bedeutung ganz tief in sich verstanden. *Gefährtin.*

Die Seine, für immer. Er beugte sich näher und flüsterte es ihr ins Ohr.

Janna reckte und streckte sich und schmiegte sich wieder in seine Berührung.

„Mmm", murmelte sie. „Nette Art, aufzuwachen."

Es war schön, so aufzuwachen. Langsam. Nüchtern. Nackt. Und ja – mit ein wenig Muskelkater vom Verwandeln, aber gerade genug, um sich innerlich ruhig und friedlich zu fühlen.

Dieser Ort gehörte auch dazu. Nachdem sie ein paar Wochen lang zwischen ihrer und seiner Wohnung hin und her gependelt waren, hatten sie sich für ihre entschieden. Das heißt, für die drei Zimmer in ihrem eigenen kleinen Flügel im hinteren Teil der Wohnung über dem Saloon. Soren hatte das erste Zimmer vorn an der Treppe. Jessica und Simon bewohnten die Zimmer über dem Café. Alles war durch einen Flur miteinander verbunden, der gerade genügend scharfe Ecken hatte, um jedem seine Privatsphäre zu geben. Die Wohnung brauchte wirklich ein zweites Bad und eine Menge Renovierungsarbeiten, aber alles in allem war sie gut. Wirklich gut.

Die erste Woche war ein wenig gewöhnungsbedürftig gewesen, wenn man mit Mitbewohnern zu tun hatte, die sich nach Belieben in tödliche Grizzlybären oder Wölfe verwandeln konnten. Aber nachdem alle ihr Revier abgesteckt hatten, war Cole akzeptiert worden, als wäre er von Anfang an dabei gewesen. Die Bärenbrüder nannten ihre witzige kleine Wohnsituation einen Clan, während Janna und Jessica darauf bestanden, es ein Rudel zu nennen. Wie auch immer, Cole gefiel es. Sehr sogar. In gewisser Weise war er sein ganzes Leben lang Teil eines Rudels gewesen: Er war mit vielen Geschwistern aufgewachsen, hatte dann mit den Bullenreitern gearbeitet, war gereist und hatte mit seinen Brüdern oder Kumpels zusammengewohnt. Nur während dieser verlorenen, leeren Monate, bevor er Janna kennengelernt hatte, war er allein gewesen, und das hatte ihm überhaupt nicht gefallen.

Janna ließ eine Hand auf seinem Bauch auf- und abgleiten, was ihn zum Brummen brachte.

„Pass auf, Lady.“

„Keine Lust auf ein bisschen Spaß?“ Ihre Stimme allein war schon verführerisch, ganz zu schweigen von ihren warmen Kurven, die darum bettelten, berührt zu werden.

Er zog sie in seine Arme. „Reiten ist Spaß. Tanzen. Mit einem Wolfsschwanz zu wedeln.“ Er grinste und presste seine Lippen auf ihre. „Das hier ist mehr als Spaß.“

Er war sich nicht sicher, was das richtige Wort dafür wäre, aber es musste aus mehr als vier kleinen Buchstaben und einer kurzen Silbe bestehen. Was er mit Janna hatte... Ja, es war so viel mehr als Spaß.

Er küsste sich zu ihrem Ohr hinüber, bahnte sich seinen Weg, zu ihrer Brust und genoss es, wie sie unter seiner Berührung seufzte und sich aufbäumte. Ihre heißer werdende Haut ließ ihn ganz hart werden und der Duft ihrer Erregung erfüllte den Raum und machte ihn wild.

„Ja...“, murmelte sie und schob seinen Kopf tiefer.

Er befand sich bereits wenige Zentimeter südlich ihres Bauchnabels und auf dem Weg in den Himmel, als es an der Tür klopfte.

„Janna! Cole!"

„Nein, nein, nein", murmelte Janna. „Wir lassen uns jetzt nicht stören. Nein, auf gar keinen Fall." Sie schob ihre Finger in sein Haar und versuchte, ihn weiterzudrängen.

Die Narbe von dem Paarungsbiss, den sie ihm am Hals gegeben hatte, kribbelte und ließ seinen ganzen Körper heiß werden.

„Janna!", rief Soren mit seiner tiefen, autoritären Stimme.

Cole schaute auf. Soren war Alpha ihres Rudels. Auch wenn Janna ihn eher wie einen älteren Bruder als einen allmächtigen Herrscher behandelte, kannte sich Cole mit Hierarchie und Rangfolgen aus. Er mochte vielleicht der Oberboss sein, wenn es um Dinge wie Bullen ging, aber unter diesem Dach war Soren der Boss und Cole hatte ganz sicher nicht vor, sich mit dem Bären anzulegen. Der einzige nicht verpaarte Gestaltwandler in ihrem Clan zu sein, konnte einen Kerl durchaus mürrisch machen – vor allem, wenn man bedachte, dass Soren seine Schicksalsgefährtin in einem Feuer verloren hatte. Cole wollte noch nicht einmal darüber nachdenken, wie schlimm das wäre, also, ja, er war nachsichtig mit diesem Kerl.

„Später", flüsterte Cole in ihren Bauchnabel. „Ich verspreche dir, dass es später doppelt so schön sein wird."

„Unmöglich", brummte Janna.

„Kommt schon!", rief Soren. „Jess will uns alle unten haben, sofort."

„Ist es schon elf Uhr?" Janna starrte auf den Wecker.

Cole rutschte an ihrem Körper entlang und setzte sich langsam auf. „Komm schon, es ist ihr großer Tag." Er drehte den Kopf und rief Soren zu: „Wir sind gleich da."

Janna seufzte. „Der Eröffnungstag ist erst morgen. Können wir nicht dann auf die Eröffnung des Cafés anstoßen?"

„Sie hat sie für uns schon um zwei Wochen verschoben."

„Bewegt euch endlich", rief Soren von der anderen Seite der Tür.

Janna murrte noch ein wenig, wurde jedoch mit jeder Schicht Kleidung, die sie überstreifte, und jeder Stufe, die sie auf dem Weg ins Erdgeschoss hinuntersprang, immer fröhlicher.

„Quarter Moon Café", gluckste Cole. „Ich liebe den Namen der neuen Bäckerei."

Sie gingen durch die Hintertür des Saloons hinaus und zur Hintertür des Cafés nebenan.

„Hallo?", rief Janna hinein.

„Wir sind vorn", rief Jessica.

Janna schleppte Cole am verlockenden Duft der Muffins vorbei in den luftigen Vorraum des Cafés, wo sich alle versammelt hatten. Jess wischte Simon gerade ein paar Krümel aus dem Gesicht und sah dabei lächerlich glücklich aus. Tina Hawthorne war gemeinsam mit ihrem Gefährten Rick Rivera ebenfalls anwesend. Rick, der Wolfsgestaltwandler, dem das an die Twin Moon Ranch angrenzende Grundstück gehörte.

„Bist du bereit, bald mit der Arbeit anzufangen?", fragte Rick, als Cole ihm die Hand schüttelte. Rick, sein neuer Boss, denn Cole hatte den perfekten Job auf der Seymour Ranch ergattert. „Wir brauchen dringend Hilfe mit den neuen Bullen, die wir bekommen haben."

Cole grinste. Er hatte die Seymour Ranch besucht, um Ricks Rancharbeitern den Umgang mit dem neuen Vieh beizubringen, und sie hatten ihm sofort einen Job angeboten. Die neuen Rinder könnten als Bio-Rindfleisch große Gewinne abwerfen, aber sie machten den Rancharbeitern das Leben schwer, seit sie angekommen waren.

„Ich kann es kaum erwarten." Er grinste von einem Ohr zum anderen.

Es stimmte. Er konnte es kaum erwarten, anzufangen. Ein Monat, in dem er sich an seine neue Haut gewöhnt hatte, war fast vorbei und es war an der Zeit, wieder einen ehrlichen Lohn zu verdienen. Er hatte Rosalind bei der Einarbeitung eines neuen Stalljungen geholfen. Zwei, um genau zu sein – ein äußerst fähiges und sehr eifriges Bruder- und Schwestergespann, die aus einem Wolfsrudel in Colorado stammten. Nicht dass Rosalind wusste, dass sie Wölfe waren.

Der einzige Aspekt der neuen Situation, der ihm nicht gefiel, war die Tatsache, stundenlang von Janna getrennt zu sein. Aber er würde es überstehen.

„In Ordnung, Leute. Auf geht's." Jessica reichte ihm ein Champagnerglas. „Auf das Quarter Moon Café."

Alle hoben ihre Gläser. Jessicas Augen strahlten bei dem Gedanken an einen wahr gewordenen Traum. Es war genau die gleiche Art, wie Jannas Augen ihn anstrahlten – und wahrscheinlich auch die Art, wie seine Augen für seine Gefährtin leuchteten.

„Auf das Quarter Moon Café", riefen alle mit einem herzlichen Beifall.

„Auf eine großartige Geschäftsführerin." Tina nickte Jess zu.

„Auf ganz viele Muffins", erwiderte Simon.

„Auf noch mehr Arbeitsstunden", fügte Janna mit einem schiefen Grinsen hinzu. Abgesehen von der Sorge um Victor Whyte, den Anführer der Blue Bloods, der entkommen war, musste sich der Blue Moon Clan nur darum sorgen, genügend Aushilfen zu finden, um sowohl den Saloon als auch das Café zu betreiben.

Tina presste die Lippen zusammen. „Ich habe jemanden gefunden, der die ganze nächste Woche hier aushelfen kann. Danach... Nun, ich arbeite daran."

Rick zog Tina an seine Seite und Cole war versucht, dasselbe mit Janna zu tun. Er ließ seinen Blick über die fröhlichen Gesichter schweifen. Alle arbeiteten zusammen, zogen an einem Strang und halfen sich gegenseitig. So sollte es sein.

Eine Gestalt ging an der Eingangstür vorbei und hielt dann kurz inne. Er lächelte. Es würde nicht schwer werden, Leute dazu zu bringen, das neue Café auszuprobieren. Nicht mit Jessicas Backtalent und Jannas Geschick, Kunden anzulocken.

Als er genauer hinsah, bemerkte er jedoch, dass die Frau vor der Tür nicht auf die bunten Tische und Stühle schaute, die zu streichen er geholfen hatte. Sie studierte auch nicht die Speisekarte, die Jessica ins Fenster gehängt hatte. Sie wirkte verloren und erschöpft. Abgesehen von einem unübersehbaren

Babybauch war die Frau dünn. Zu dünn. Sie stand im grellen Sonnenlicht, schwankte auf ihren Füßen und–

„Oha!“ Cole stürmte gerade noch rechtzeitig auf den Bürgersteig hinaus, um einen Arm um sie zu legen, bevor sie zu Boden stürzte.

„Hey, ganz ruhig. Geht es Ihnen gut?“

Sie sah wirklich nicht gut aus, also führte er sie trotz ihrer gemurmelten Proteste in das Café.

„Oh, Sie armes Ding.“ Jessica führte die Fremde zu einem Stuhl.

Janna und Tina eilten ebenfalls herbei, um ihr zu helfen. Als sie sie übernahmen, entdeckte er die schlimmen Brandnarben, die über dem Arm der Frau verliefen.

„Rick, hol ihr ein Kissen.“

„Und bringt ihr auch ein Glas Wasser.“ Jess kniete sich neben die Frau.

„Es geht mir gut“, beharrte die Frau, aber ihre Stimme klang schwach und unsicher. „Ich brauche nur einen Moment... “

Sie brauchte etwa sechs Wochen, schätzte Cole, bis dieses Baby bereit wäre, die Welt zu erobern. Die Frau war abgemagert, aber ihr Bauch war mit einem Baby, das sieben oder acht Monate alt sein musste, stark gerundet. Für einen Moment geriet er in Panik, weil er glaubte, dass es verfrühte Wehen sein könnten.

Die Frau schnaufte ein- oder zweimal und setzte sich aufrechter hin. „Es geht mir gut“, wiederholte sie etwas eindringlicher.

Der Schleier ihres Haares fiel zurück und Soren, der ein Glas Wasser in der Hand hielt, erstarrte vor ihr.

„Soren!“, schimpfte Janna.

„Soren?“, flüsterte die Frau.

„Sarah“, flüsterte er. Das Geräusch war kaum mehr als ein Hauch.

Einen Moment lang erstarrten alle. Die Zeit stand still und in Coles Kopf überschlugen sich die Gedanken. Janna hatte ihm erklärt, dass Soren in seiner Heimat in Montana in eine menschliche Frau verliebt gewesen war. Ein Mädchen namens Sarah, das bei einem Feuer ums Leben gekommen war...

Ein Blick auf die Art und Weise, wie Soren und diese Frau einander anstarrten, verriet ihm, dass dies diese Sarah war. Sie war also nicht in dem Feuer gestorben. Sie war am Leben. Sie lebte und erwartete ein Baby...

Er rechnete in Gedanken nach. Laut Janna war das Feuer vor sieben Monaten passiert. Soren war bereits ein paar Monate vorher unterwegs gewesen. Das bedeutete, dass das Baby irgendwann nach Sorens Abreise gezeugt worden sein musste.

Cole runzelte die Stirn. Oh Scheiße.

Die Hand der Frau glitt über ihren runden Bauch und als Soren ihrem Blick folgte, glitt ihm das Glas aus der Hand und zerschellte auf dem Boden. Die Augen der Frau blieben trocken, aber ihr Gesichtsausdruck weinte mit so etwas wie, *Lass es mich erklären.*

Noch bevor die Splitter auf dem neuen Linoleumfußboden zur Ruhe kamen, hatte sich Soren umgedreht und den Raum verlassen. Ohne ein einziges Wort. Kein Blick zurück. Kein Zeichen von Emotion. Aber die Luft um ihn herum vibrierte mit Traurigkeit und Zweifeln.

„Soren!“, rief Janna scharf, aber der Bärengestaltwandler war bereits verschwunden.

Cole schaute Janna in die Augen und schluckte. Sie hatten ihr Glück gefunden – aber Soren... Wie sollte er seines jemals finden?

Sneak Peek: *Verlangen des Alphas*

Wahre Liebe ist Vergebung, nicht Stolz.

Bärengestaltwandler Soren Voss lebt mit Haut und Haar für den neuen Clan, den er anführt. Es ist alles, was ihm geblieben ist, nachdem die Frau, die er liebte, bei einem Überfall von abtrünnigen Schurken ermordet wurde – die Frau, die er für immer lieben wird, wenn auch nur in seinen Träumen. Aber der Tag, an dem der Traum des Alphas wahr wird, ist auch der Beginn eines Albtraums. Denn seine Schicksalsgefährtin gehört vielleicht nicht länger nur ihm. Ist es das Schicksal, das ihn quälen will, oder seine letzte Chance auf Erlösung?

Sarah Boone entkam nur knapp dem Inferno, das ihre Familie und ihr Zuhause zerstörte. Seit Monaten ist sie auf der Flucht und trägt ein Geheimnis mit sich herum, das sich nun nicht länger verbergen lässt. Aber die Uhr tickt und sie wird schon bald einen Ort brauchen, an dem sie sich niederlassen kann. Sie hätte nie erwartet, die Liebe ihres Lebens wiederzufinden, und dass er einen kleinen, ungewöhnlichen Ort namens Blue Moon Saloon betreibt. Soren ist düsterer und gefährlicher als je zuvor, aber irgendwie auch verletzlicher. Hat sie das Zeug dazu, die Frau zu sein, die ihr weltüberdrüssiger Krieger am meisten braucht?

Weitere Titel von Anna Lowe

Die Bären des Blue Moon Saloons

Perfekte Gefährten (die Vorgeschichte)

Verlangen des Bären (Buch 1)

Verlangen des Wolfes (Buch 2)

Verlangen des Alphas (Buch 3)

Verlangen des Gefährten (Buch 4)

Verlangen der Wölfin (Buch 5)

Süßes Verlangen (ein Festtagsschmaus)

Aloha Shifters - Juwelen des Herzens

Der Ruf des Drachen (Buch 1)

Der Ruf des Wolfes (Buch 2)

Der Ruf des Bären (Buch 3)

Der Ruf des Tigers (Buch 4)

Die Verlockung des Drachen (Buch 5)

Der Ruf des Fuchses (Buch 6)

Aloha Shifters - Perlen des Verlangens

Drachenrebell (Buch 1)

Bärenrebell (Buch 2)

Löwenrebell (Buch 3)

Wolfsrebell (Buch 4)

Rebellenherz (Buch 5)

Alpharebell (Buch 6)

Töchter des Feuers - Billionaires & Bodyguards

Töchter des Feuers: Paris (Buch 1)

Töchter des Feuers: London (Buch 2)

Töchter des Feuers: Rom (Buch 3)

Töchter des Feuers: Portugal (Buch 4)

Töchter des Feuers: Irland (Buch 5)

Töchter des Feuers: Schottland (Buch 6)

Töchter des Feuers: Venedig (Buch 7)

Töchter des Feuers: Griechenland (Buch 8)

Töchter des Feuers: Schweiz (Buch 9)

Die Wölfe der Twin Moon Ranch

Verlockung des Jägers (Buch 1)

Verlockung des Wolfes (Buch 2)

Verlockung des Mondes (Buch $2\frac{1}{2}$ – Vier Kurzgeschichten)

Verlockung des Alphas (Buch 3)

Verlockung der Wölfin (Buch 4)

Verlockung des Herzens (Buch 5)

Weihnachtsverlockung (Buch 6)

Verlockung der Rose (Buch 7)

Verlockung des Rebellen (Buch 8)

Verlockende Begierde (Buch 9)

Gestaltwandler in Vegas

Paranormal romance with a zany twist.

Gambling on Trouble

Gambling on Her Dragon

Gambling on Her Bear

Karibische Abenteuerromantik

Funken der Lust

Prickelndes Wagnis

Süße Verstrickung

Verlockende Tiefe

Sinnliche Strömung

Travel Romance

Im englischen Original bei Amazon erhältlich.

Veiled Fantasies

Island Fantasies

www.annalowe.de

Über Anna Lowe

USA Today und Amazon Bestseller Autorin Anna Lowe schreibt fesselnde Romane mit tatkräftigen Heldinnen und unwiderstehlichen Helden in exotischen Umgebung, mit jeder Menge Zündstoff für scharfe Romantik.

Sie liebt Hunde, Sport und Reisen, die auch die Inspiration für Ihre Bücher liefern. Wenn Anna nicht gerade in die Arbeit an ihrem nächsten Buch vertieft ist, kannst Du Sie am Wochenende beim Wandern in den Bergen antreffen. Egal wo und wie – sie wird den Tag mit einem leckeren Stück Zartbitterschokolade ausklingen lassen.

Einfach mal vorbeischauen, auf **www.annalowe.de**.